John Christopher · Leere Welt

John Christopher

Leere Welt

Roman

CIP-Kurztitelaufnahme der Deutschen Bibliothek

Christopher, John:
Leere Welt: Roman / John Christopher. [Aus d. Engl. übertr.
von Hans-Georg Noack]. – Recklinghausen: Bitter, 1979.
Einheitssacht.: Empty world ‹dt.›
ISBN 3 7903 0263 5

Aus dem Englischen übertragen von Hans-Georg Noack

© 1979 Georg Bitter Verlag KG, Recklinghausen
Alle Rechte der deutschen Übersetzung vorbehalten
© 1977 John Christopher
Die englische Originalausgabe erschien unter dem Titel
»Empty World« bei Hamish Hamilton, London
Einbandentwurf: Craig Dodd
Gesetzt aus der Garamond
Satz und Druck: Ebner Ulm

ISBN **3 7903 0263 5**

1

*An einem strahlend sonnigen Morgen rollten sie über die Autobahn, und
alle waren fröhlich und zufrieden. Während Neils Vater fuhr, erzählte
Mutter etwas von einem Tanzabend im Golfklub. Amanda und Andy
stritten sich in aller Freundschaft über ein Pop-Programm im Fernsehen.
Großvater und Großmutter bewunderten die Landschaft. Er zeigte ihr eine
Aussicht, die ihm besonders gefiel, sie stimmte ihm zu. Neil selber schwieg
und empfand ein seltsames, höchst befriedigendes Wohlbehagen. Gern hätte
er herausgefunden, woher dieses Gefühl stammte, doch es gelang ihm nicht.
Lag es am Ferienbeginn, lag es daran, daß er in der Schulmeisterschaft ein
Tor geschossen hatte, am bevorstehenden Sommer oder an der nun bald
beginnenden Cricket-Saison? Vielleicht lag es einfach nur an diesem Ausflug, daß er sich so wohlfühlte.*

*Er konnte sich nicht darüber schlüssig werden, doch darauf kam es nicht an.
Und auch das fand er angenehm, daß es nicht darauf ankam, als er plötzlich den leisen, keuchenden Aufschrei seiner Mutter hörte, den Blick hob
und ihn kommen sah: den ungeheuren, massigen Lastwagen mit Anhänger,
der sich plötzlich vor ihnen quer über die Straße schob und immer höher und
höher zu wachsen schien . . . Dann Schreie und Finsternis, und Neil wachte
in Schweiß gebadet auf, die Finger in die Bettücher gekrampft, in die man
ihn dicht eingehüllt hatte.*

An diesen Traum dachte Neil später im Laufe des Tages, als er über
den Kirchplatz zum Schulbus ging. Voller Ungenauigkeiten und Un-
möglichkeiten war dieser Traum gewesen, wie Träume das nun einmal
an sich haben. Es war gar nicht an einem sonnigen Morgen geschehen,
sondern an einem langweiligen, regentrüben Nachmittag. Nicht auf einer Autobahn, sondern auf der Landstraße A 21, einige Meilen südlich
der Umleitung bei Tonbridge. Und selbstverständlich waren Großmutter und Großvater nicht dabeigewesen. Der Rover war zwar ein

geräumiges Auto, aber so geräumig nun auch wieder nicht; und außerdem hatten sie den Ausflug ja gerade unternommen, weil sie ein Wochenende bei den Großeltern in Winchelsea verbringen wollten.

Der Rest aber – Mutters unterdrückter Aufschrei, der Anblick des Ungeheuers, das sich ihnen auf eine ganz unglaubliche Weise in den Weg schob ... hatte sich das alles wirklich so abgespielt? Er wußte es nicht, hatte keinerlei Erinnerung an die Zeitspanne zwischen dem Aufbruch daheim in Dulwich und dem Erwachen in einem Krankenhausbett, über das sich lächelnd eine junge, hübsche und dunkelhaarige Krankenschwester beugte, die versicherte, es sei alles in Ordnung, er brauche sich überhaupt keine Gedanken zu machen. Verwundert hatte er sich gefragt, wovon eigentlich die Rede war, als sie ihm gleich darauf noch einmal sagte, er solle sich nur keine Sorgen machen, sondern ruhig liegenbleiben und sich ausruhen, dann werde er auch sehr bald Besuch bekommen.

Durch den zerbröckelnden steinernen Torbogen trat Neil in die Ruine, die früher einmal, vor der Zerstörung in den französischen Kriegen, das Kirchenschiff gewesen war. Das lag jetzt siebenhundert Jahre zurück. Damals war Winchelsea eine aufstrebende Stadt gewesen, hier auf diesem Hügel gerade erst erbaut, nachdem das Meer das alte Winchelsea zusammen mit der Schwesterstadt Rye verschlungen hatte. In der Reihe der fünf Häfen war die Stadt ein Neuling, aber sie hoffte, die älteren Häfen an Wohlstand bald zu übertreffen. Doch das Meer, das den ersten Hafen zerstört hatte, zog sich launisch vom zweiten zurück. Jetzt lag es nur noch als trügerischer Schimmer weit draußen am Horizont.

Die Hoffnungen waren geschwunden, und mit dem Meer hatten sich auch die Händler zurückgezogen. Nur einige alte Plätze waren noch übrig von der ursprünglichen Stadt, die einst als ein Schmuckstück der Städteplanung gegolten hatte. Diese Plätze wurden umsäumt von schläfrigen Häusern mit Rasen und Blumen davor, von drei oder vier kleinen Läden, ein paar Gasthäusern. Es war zwecklos, das Kirchenschiff zu erneuern, und das Neue Tor, das die südliche Grenze der Stadt Winchelsea bildete und durch das die Franzosen an einem Sommermorgen des ausgehenden 13. Jahrhunderts durch Verrat Einlaß gefunden hatten, überragte jetzt einen morastigen Weg fast eine Meile weit draußen, außerhalb der Stadt, und um das alte Gemäuer grasten Schafherden.

Es gab in Winchelsea nicht viele junge Leute. Hier ließen sich gern Ruheständler nieder, und deshalb wohnten auch Neils Großeltern hier. Früher hatte Neil, obgleich er seine Großeltern sehr gern besuchte, in Winchelsea stets eine Art Ungeduld empfunden. Nichts passierte in diesem Nest, und es war auch kein Ereignis zu erwarten, das aufregender gewesen wäre als der gemächliche Wechsel der Jahreszeiten. Neil betrachtete die weißen Fassaden der Häuser, die das große Viereck des Kirchplatzes säumten. Selbst die Häuser, die erst nach dem Kriege entstanden waren, sahen aus, als stünden sie von jeher an ihren Plätzen.

Neil dachte an seinen Traum und daran, wie der Großvater an sein Krankenbett gekommen war. Er hatte sich erkundigt, wie Neil sich fühle, und er hatte genickt, als Neil von seinen Kopfschmerzen erzählt hatte.

»Eine leichte Gehirnerschütterung, aber sie haben mir gesagt, daß du ja zum Glück kräftig und zäh bist.«

Neils Großvater, Behördenangestellter bis zu seiner Pensionierung, war ein großer, schlanker Mann, und sein schmales Gesicht wurde noch durch einen Spitzbart verlängert. Obwohl Neil sie beide mochte, gefiel ihm doch der Großvater noch besser als die Großmutter, weil er niemals Umschweife machte. Immer hatte er ruhig und sicher gewirkt. Auch jetzt gab er sich große Mühe, ruhig und sicher auszusehen, doch es gelang ihm nicht.

Neil fragte ihn: »Was ist passiert?«

»Was haben sie dir gesagt?«

»Nichts. Ich bin noch nicht lange wach.«

»Ihr hattet einen Unfall. Einen Zusammenstoß. Erinnerst du dich nicht?« Sein Ton war beherrscht, doch Neil spürte die Anspannung, die sich dahinter verbarg. Er dachte daran, wie sie alle nach dem Mittagessen aufgebrochen waren. Amanda hatte darauf bestanden, noch einmal umzukehren, weil sie sich unbedingt nochmals von der Katze Prinny verabschieden mußte. Sie hatte befürchtet, Mrs. Redmayne, die Nachbarin, könne vergessen, den Kater zu füttern . . .

»Wo ist Mutti?« fragte Neil. »Ist sie auch im Krankenhaus?« Zum erstenmal wurde ihm bewußt, daß die anderen Betten im Krankensaal von fremden Menschen belegt waren. »Und Amanda und Andy?«

»Es ist alles gut. Mach dir keine Sorgen, Neil.«

Aber da war ein Zögern. Es war nur winzig, doch es genügte, die beruhigenden Worte bedeutungslos werden zu lassen. Außerdem ergab das, was der Großvater sagte, ohnehin keinen Sinn. Wenn wirklich alles in Ordnung gewesen wäre, dann hätte die Mutter jetzt an Neils Bett gesessen.

Neil fragte und hörte seine eigene Stimme wie ein fernes Echo:

»Alle?« Er blickte zu seinem Großvater auf. »Auch Dad?«

»Es ist alles in Ordnung«, wiederholte der Großvater.

Neil brauchte nicht erst die Träne zu sehen, die über die faltige Wange rollte, um zu wissen, daß der Großvater log. Die Lüge erboste ihn auch nicht, denn es war ihm klar, daß sie ihm helfen sollte, in eine Welt zurückzufinden, die jäh zersprungen und verändert war. Aber er konnte es nicht ertragen, allzulange in ein fremdes menschliches Gesicht zu starren. Deshalb drehte er sich um und grub den Kopf in die Kissen, unbewegt, ungläubig und doch glaubend, während die Stimme des Großvaters immer weiter und weiter sprach; er hörte sie, ohne zuzuhören, wie ein sinnleeres Geräusch.

An der Bushaltestelle warteten noch einige aus der Gesamtschule. Neil kannte sie flüchtig, nickte auch dem einen oder anderen zu, fing aber keine Unterhaltung an. Es hatte genau die anfängliche Neugier geherrscht, die man als Neuer zu erwarten hatte, doch er hatte wenig getan, um sie zu befriedigen; und als das ebenfalls unvermeidliche Mißtrauen sich in etwas anderes verwandelt hatte, das eher wie Feindseligkeit wirkte, hatte ihm das auch nichts ausgemacht.

Der Übergang vom Dulwich College in London zur Gesamtschule in Rye bedeutete eine erhebliche Veränderung. Er hatte mit seinem Großvater darüber gesprochen. Anscheinend hatte der Direktor sich erboten, einen der wenigen Internatsplätze für Neil aufzutreiben, und der Großvater hatte den Vorschlag weitergeleitet. Neil konnte das Angebot annehmen, um wenigstens in der Schule so etwas wie eine normale Weiterentwicklung zu sichern, oder er konnte als Tagesschüler in die Gesamtschule von Rye überwechseln.

»Du bist jetzt bei uns zu Hause, Neil«, hatte der Großvater gesagt, »und wir sind froh, daß wir dich haben – schon aus Eigennutz. Aber wir sind alt und ein bißchen langweilig, und Winchelsea ist es auch. Vielleicht möchtest du lieber in Dulwich bleiben, wo du Freunde und Bekannte hast, Jungen in deinem eigenen Alter . . .«

»Nein, ich möchte hierbleiben!«

»Wenn du vielleicht an das Schulgeld denkst, das ist unwichtig, weißt du . . .«

»Nein.« Er sagte es sehr brüsk. Eines Abends, als seine Großeltern meinten, er schliefe schon, hatte er sie leise miteinander reden hören. Er würde ziemlich viel Geld erben. Sein Vater, ein Versicherungsangestellter, war mehr als reichlich versichert gewesen. Der einzige Überlebende der Familie würde reich sein.

Die neue Schule unterschied sich wesentlich von der alten, doch ein großer Teil des Unterschiedes, das wurde Neil schnell klar, lag in ihm selber begründet. In Dulwich hatte er viele Freunde gehabt – mehr als Andy, der zwar ein Jahr älter, aber viel zurückhaltender gewesen war. Und Andy hatte sich nicht sonderlich für Sport interessiert, während Neil in den meisten Sportarten recht gut war.

In Rye hatte er an einigen Cricket-Spielen teilgenommen und nicht schlecht abgeschnitten. Aber er hatte sich stets abseits gehalten, und die anderen Spieler hatten es nach ein paar Kontaktversuchen aufgegeben, seine Isolierung zu durchbrechen. Nicht anders ging es in der Schule ganz allgemein. Obgleich niemals die Rede davon war, mußte sich wohl herumgesprochen haben, was sich zugetragen hatte und weshalb er hierhergekommen war. Einige Mädchen warfen ihm mitleidige Blicke zu, und einmal wurde ein Gespräch abgebrochen, als er die Klasse betrat. Aber niemand stellte ihm Fragen, und er gab von sich aus keine Auskünfte.

So hatte er keine Freunde, doch das kümmerte ihn nicht; er vermißte auch nicht die anderen, die er zurückgelassen hatte. Dabei verkroch er sich nicht etwa in sein Unglück. Vielmehr überraschte ihn, bis zu welchem Maße er es aus seinen Gedanken verbannen konnte, und trotz gelegentlicher Augenblicke der Angst und der Niedergeschlagenheit fühlte er sich nicht besonders unglücklich.

Wahrscheinlich, so meinte er, wäre es in London nicht so leicht gewesen. Die Ungeduld, mit der ihn Ruhe und Langeweile der Stadt früher bisweilen erfüllt hatten, war einer Art Zufriedenheit gewichen. Es war gut, daß sich nichts ereignete, daß der häufigste Anblick der eines alten Mannes oder einer alten Frau war, die ohne Eile über die Straße gingen. Neil mochte die stillen, unausgefüllten Abende, wenn die Dunkelheit nur von Lichtstreifen aus den Fenstern gemütlicher Wohnzimmer unterbrochen wurde und vom Licht der Straßenlaterne an der Ecke. Die anderen Schüler an der Bushaltestelle standen plaudernd und lachend in einer Gruppe beisammen. Neil wußte nicht, worüber man sprach, und es interessierte ihn auch nicht. Er dachte wieder an seinen Traum und spürte kalten Schweiß auf dem Rücken, aber Traum und Wirklichkeit schienen gleichermaßen weit weg zu sein. Als der Bus von Hastings her durch eine Allee mit alten Laubbäumen herangerumpelt kam, merkte Neil, daß er vor sich hin pfiff. Er merkte, daß es die Melodie war, in die Amanda während der letzten Wochen ganz vernarrt gewesen war, aber er pfiff weiter.

10

Alles in allem kam Neil die Arbeit in der neuen Schule leichter vor, aber vielleicht war sie gerade deshalb auch weniger interessant. Eine Ausnahme bildete das Fach Biologie, unterrichtet von einem kleinen, stämmigen Mann mit schottischem Akzent und der Neigung, sein Thema nach allen erdenklichen Richtungen auszuweiten. Heute wurden Zellstrukturen behandelt, und Mr. Dunhill verbreitete sich über das Altern. Es gäbe Anhaltspunkte, erklärte er, die darauf schließen ließen, daß das Altern durch eine wachsende Unfähigkeit der Zellen hervorgerufen würde, sich ihrer ursprünglichen Aufgaben zu erinnern – eine Art Gedächtnisschwäche der Körperzellen.

Jemand fragte, ob das Altern aufgehalten werden könne, wenn es gelänge, diese Vergeßlichkeit der Zellen zu beseitigen. Oder ließ der Prozeß sich gar umkehren? Konnte man etwa annehmen, daß Menschen durchaus in der Lage wären, ewig zu leben, von Unfällen einmal abgesehen?

»Nein, eine solche Behauptung würde ich nicht wagen.« Mr. Dunhill rieb seine Handflächen vor der Brust aneinander, eine für ihn typische Bewegung. Er fuhr fort: »Es gibt jedoch ein interessantes Beispiel, das genau in die entgegengesetzte Richtung deutet. Ich denke an die Epidemie, die vor ein paar Monaten in Indien geherrscht hat.«

Man nannte die seltsame Erscheinung Kalkutta-Krankheit, weil in Kalkutta die ersten Fälle aufgetreten waren. Die Epidemie hatte sich dann über Nordindien verbreitet, hatte Hunderttausende von Menschen getötet und war plötzlich wieder verschwunden. Neil erinnerte sich, daß seine Eltern eines Abends darüber gesprochen hatten, als er nach seinen Schularbeiten aus seinem Zimmer heruntergekommen war. So sehr waren sie in ihr Gespräch versunken gewesen, daß er noch aus dem Haus gehen konnte, um einen Freund zu besuchen, ehe sie bemerkten, wie spät es schon war.

»Ihr erinnert euch sicher, daß diese Krankheit in zwei Phasen verläuft«, sagte Mr. Dunhill. »Nach anfänglichem Fieber gibt es eine Erholung und eine symptomlose Phase, die zehn Tage bis zu drei Wochen dauert. Daran schließt sich ein allgemeines Versagen der körperlichen Funktionen an, das bald zu Zusammenbruch und Tod führt.

Auffallend ist dabei, daß die zweite Phase ganz erstaunlich einem beschleunigten Alterungsprozeß gleicht. Die Krankheit ahmt gewissermaßen die sehr seltsame Progerie nach, die frühzeitige Vergreisung, bei der Kinder zu Greisen werden, noch ehe sie herangewachsen sind. Bekannt wurde der Fall eines Kindes in Brasilien, das mit sechs Monaten bereits die Zähne eines Erwachsenen hatte, die schon allmählich gelb wurden, mit zwei Jahren weißes Haar, das am Scheitel sichtlich dünner wurde. Mit zehn Jahren starb das Kind an Arterienverkalkung.

Glücklicherweise werden von der Kalkutta-Krankheit zumeist nicht junge Menschen befallen, sondern alte, vor allem sehr alte Menschen. Die meisten der Opfer waren schon über sechzig. Nur in ein oder zwei Fällen erkrankten Menschen daran, die Mitte vierzig waren. Bei ihnen waren die Erscheinungsformen der Krankheit um so auffälliger: die Haut wurde runzlig, das Haar bleichte von den Wurzeln her, es traten Kalkmangelerscheinungen und Artheriosklerose auf. Es hatte den Anschein, als eilten sie förmlich dem Grabe zu, anstatt sich mit dem mühseligen Schleichen zufrieden zu geben, das uns normale Greise auszeichnet.«

Mr. Dunhill war ungefähr fünfzig Jahre alt. Vermutlich war es an die vierzig Jahre her, daß er selber in einer Klasse gesessen und einem Lehrer zugehört hatte, der so alt war wie er selber heute. Meinte er das Wort von dem Greis wirklich so scherzhaft, wie es klang, fragte sich Neil? Menschen starben, das hatte er in den letzten wenigen Wochen so deutlich erfahren wie nie zuvor. Und vermutlich, so überlegte er, fürchteten sie den Tod wohl immer mehr und mehr, je näher ihnen diese Unausweichlichkeit rückte.

»Es ist durchaus eine annehmbare Erklärung«, fuhr Mr. Dunhill fort, »daß der Kalkuttavirus die Zellen angreift und ihr Gedächtnis zerstört, wie wir es eben besprochen haben. Die Opfer starben in der Tat an nichts anderem als an ihrem Alter.«

12

»Aber sie waren doch alle schon wirklich alt.« Das war Baker, ein Junge mit einem beständigen dummen Grinsen. Mr. Dunhill sah ihn abschätzig an.

»Ja, das waren sie wohl, nicht wahr? Und außerdem waren es ja doch bloß Inder. Wir brauchen uns also gar keine Gedanken zu machen. Kehren wir zum Mechanismus der Mitose oder Zellkernteilung zurück.«

In der Klasse war ein Mädchen, das Ellen hieß. Es war auf eine schlichte und zarte Weise hübsch. Neil hatte es kurz in der Gesellschaft von Bob Hendrix bemerkt, der sehr viel auffälliger wirkte. Er war kräftig gebaut und hatte eine laute, aggressive Stimme. Sein Haar war leuchtend rot, und für gewöhnlich trug er eine kanariengelbe Wolljakke. Sein Vater war ein in Rye bekannter Geschäftsmann, und der Sohn meinte ganz offensichtlich, daß ihm deswegen Ehrerbietung zustünde. Hendrix ging zum Mittagessen nach Hause, doch Ellen blieb, genau wie Neil, in der Schule. An diesem Tag setzte sie sich neben ihn, und es schien, als suchte sie freundlich, wenn auch schüchtern, seine Bekanntschaft. Er ging höflich, doch ohne Begeisterung darauf ein. Sie jedoch blieb beharrlich, kam später zu ihm und fragte: »Ist das wahr?«
Er sah sie an.

»Daß deine ganze Familie ums Leben gekommen ist, meine ich.«
Er hatte damit gerechnet, daß einmal jemand so fragen würde, doch er hatte gehofft, daß es nicht geschehen würde. Dabei fürchtete er nicht so sehr die Erwähnung des tragischen Unfalls, sondern viel eher seine Verlegenheit bei einem solchen Gespräch. Aber nun war es passiert, und er merkte, daß es ihn nicht störte. Sie kam ihm eher teilnahmsvoll als neugierig vor. Wahrscheinlich war sie ein nettes Mädchen.
Jedenfalls wies er sie nicht ab, wenn er ihr auch nicht eben viel erzählte. Sie sagte leise und mit einer sehr weichen Stimme, wie schrecklich das alles sei, und Neil merkte, daß er sich auch dadurch nicht gestört fühlte.

Für sie sei das schon immer etwas wie ein Alptraum gewesen, sagte sie. Hundertmal habe sie es sich ausgemalt, und die Vorstellung habe sie bis in ihre Träume verfolgt. Meistens stelle sie sich vor, daß es in der Schule geschähe – jemand käme in die Klasse und sagte, sie solle zum Direktor kommen, und sie ginge dann in sein Zimmer und sähe sofort, daß sein Gesicht viel ernster wirke als sonst. Und dann wurde es ihr gesagt... Immer traf es beide Eltern gleichzeitig, und meistens geschah es durch einen Autounfall.

Da sie einmal zu sprechen begonnen hatte, brauchte sie keinerlei Ermutigung mehr. Sie erzählte ihm von ihrem Leben daheim, und er war ein wenig überrascht. Sie war das einzige Kind. Ihr Vater, der als Stukkateur arbeitete, war sehr streng – sie durfte abends nicht länger als bis zehn Uhr ausgehen, im Winter sogar nur bis halb zehn. Ihre Mutter schien sehr häufig krank zu sein. Ellen mußte sich morgens selbst das Frühstück zubereiten, und sie hatte Hausarbeiten zu erledigen, ehe sie zur Schule ging.

Es kam Neil vor, als wäre die Vorstellung, ein solches häusliches Leben zu verlieren, nicht besonders entsetzlich; auch schienen ihre Eltern eine so angstvolle Zuneigung kaum zu rechtfertigen. Im Grunde war Ellens Leben im Vergleich zu dem, das er selber in Dulwich geführt hatte, ziemlich unerfreulich. Und doch hatte er selber niemals die Befürchtungen und Ängste empfunden, die sie beschrieb. Hatte er am Ende nicht ausreichend zu schätzen gewußt, was er besessen hatte? Er verspürte ein undeutliches Schuldgefühl und fragte sich erschrocken, ob alles vielleicht gerade deswegen geschehen war – hatte der Gott, an den Neil nicht recht glaubte, seine Undankbarkeit erkannt und deswegen Zerstörung herabgeschickt?

Es blieb ihm jedoch keine Zeit, darüber weiter nachzudenken, denn in diesem Augenblick trat Hendrix zu ihnen. Er übersah Neil und sagte zu Ellen: »Habe ich dir nicht gesagt, daß wir uns um halb vor der Bücherei treffen wollten?« Sein Ton war brutal und bedrohlich. Ellen antwortete nicht, sondern sah Neil an. Er verspürte den Wunsch, Hendrix zu sagen, er solle verschwinden, doch dieser Wunsch ließ sich leicht unterdrücken.

Hendrix fuhr fort: »Und habe ich dir nicht gesagt, was ich davon halte, wenn du dich mit anderen Burschen abgibst?«

Er war nicht nur bedrohlich, sondern herablassend und herrschsüchtig. Wieder sah Ellen Neil an, und diesmal war eine deutliche Bitte in ihrem Blick.

Neil hatte keine Angst vor dem anderen. Er war größer und wahrscheinlich stärker, aber Neil war fast sicher, daß Hendrix kein Boxer war, während er selbst sich für austrainiert hielt. Hätte das alles sich einige Monate früher zugetragen, dann hätte Neil genau gewußt, was zu tun gewesen wäre. Er hätte diesem Hendrix gesagt, er solle den Mund halten, oder er hätte ihm den Kopf zurechtgerückt.

Wahrscheinlich, so dachte er, sollte er das jetzt auch tun, aber es reizte ihn einfach nicht. Weder das Mädchen noch Hendrix waren ihm so wichtig, daß er einen Grund sah, sich hier einzumischen. Schließlich hatte das Mädchen einmal diesen Hendrix ausgesucht oder sich von ihm aussuchen lassen. Das war nicht seine Sache, doch wenn er sich jetzt mit Hendrix anlegte und ihn besiegte, dann konnte es sehr wohl seine Sache werden. Sie schaute ihm noch immer ins Gesicht, doch er sagte nichts.

Hendrix meinte mit offenbarer Verachtung für Neil: »Komm, laß doch dieses Londoner Jüngelchen! In der ersten Stunde haben wir Geographie, und ich hatte gestern keine Zeit, meine Aufgaben zu machen. Wir holen schnell deine!«

Neil sah ihnen nach, als sie gemeinsam davongingen, und er war ein wenig überrascht, daß ihn das alles kaum berührte.

Am Spätnachmittag ging er über den Friedhof hinter der Kirche zurück. Es war windstill und warm für einen Frühsommertag. Die Holzapfelbäume waren mit Blüten überladen. Während viele Gräber schon alt und ihre Inschriften auf den Steinen durch Wind und Wetter unleserlich geworden waren, waren andere noch frisch. Neil kam an zwei Gräbern vorüber, die erst kürzlich mit Blumen geschmückt worden waren. Das Beerdigungsinstitut war eines der wenigen blühenden Unternehmen in dieser Stadt; im Grunde wohl das einzige.

Neil dachte an Ellen und ihre Alpträume. Vielleicht entsprangen sie gar nicht, wie er zuerst angenommen hatte, der Liebe zu ihren Eltern, sondern dem genauen Gegenteil. Möglicherweise war dieser Tagtraum gerade deshalb so hartnäckig.

Er dachte auch darüber nach, was ihr und Hendrix wohl die Zukunft bringen mochte. Voraussichtlich gar nichts; sie waren noch sehr jung, und es gab keinen Anlaß, an etwas Dauerhaftes zu denken, wie an eine Heirat zum Beispiel. Immerhin war das selbstverständlich auch möglich. Hendrix liebte es, andere Leute herumzustoßen, und Neil hatte den Verdacht, daß zumindest etwas in Ellen war, das sich gern herumstoßen ließ. Vielleicht heirateten sie sich wirklich, und dann konnte Ellen ihre Alpträume ändern und sich einbilden, ihr Mann käme bei einem Unfall ums Leben.

Wieder überraschten ihn seine Gedanken. Er schaute zum fast wolkenlosen Himmel hinauf, wo – dessen war er nun wieder fast sicher – kein unsichtbarer rachsüchtiger Gott lauerte, der Gedanken las und Donner und Blitz fabrizierte, die er auf die Erde herunterschleudern konnte. Die Kirche hockte da, als glucke sie über den vielen Generationen von Betern. Ringsum standen stille Häuser, und im Augenblick war nirgends ein Mensch zu sehen. Ein Wagen kam die High Street herauf und fuhr weiter in Richtung Hastings. Er hinterließ samtene Stille.

Verglichen mit London war Rye eine ruhige Stadt, aber im Vergleich zu Winchelsea war sie immer noch das reinste Babel. Wieder dachte Neil, wie froh er war, hier zu sein, auf einer verlassenen Insel zu leben mit einem Papagei als einziger Gesellschaft. Aber im Grunde war nicht einmal der Papagei wirklich nötig; das Geräusch der Brandung oder des Windes in den Palmen würde Gesellschaft genug sein.

Als Neil durch die Haustür trat, kam seine Großmutter aus der Küche.

16

Sie bemutterte ihn, wie üblich, und er ließ es wie immer geschehen, ließ jedoch nicht zu, daß sie ihm etwas zu essen machte. Sie hielt viel von gutem Essen und schien einen Schultag in Rye für eine Leistung wie eine Besteigung des Mount Everest zu halten. Endlich entwischte er ihr mit der doppelten Begründung, er habe keinen Hunger und außerdem eine Menge Hausarbeiten in Physik zu erledigen. Auch von Hausarbeiten hielt sie sehr viel, wenn sie auch überzeugt war, daß er viel zu angestrengt arbeitete.

Das stimmte nicht. Nach Dulwich konnte er sich noch immer größtenteils treiben lassen. Trotzdem arbeitete er ruhig und gleichmäßig weiter, und er war froh, daß auf diese Weise etwas seine Gedanken ausfüllte, ohne allzu große Ansprüche zu stellen. Abgesehen von Physik, gab es Englisch und Geschichte . . . Hexen, die Macbeth Furchtschauer über den Rücken jagten. Richter Jeffreys, der den Westen des Landes mit aufgeknüpften Rebellen verzierte. Gewaltsamer Tod war eine Sache, an die man sich durchaus gewöhnen konnte; es gab ihn schon so lange. Nur ein Narr konnte nach Erklärungen und Rechtfertigungen suchen.

Nachdem er seine Arbeit beendet hatte, blieb Neil noch eine Zeitlang sitzen und schaute aus dem Fenster. Sein Zimmer lag im Obergeschoß des Hauses und war ziemlich groß. Es reichte von der Vorder- bis zur Rückfront des Hauses; sein Bett stand unter einem Fenster, der Tisch, an dem er arbeitete, unter dem gegenüberliegenden an der anderen Wand. Man schaute von dort auf die Straße hinaus, falls man etwas so Grünes und Blumiges überhaupt eine Straße nennen konnte. Jemand parkte ein Auto. Mrs. Mellor von gegenüber tauchte in Neils Blickfeld auf und verschwand. Eine struppige Katze folgte ihr, und alles war wieder still.

Aus dem Wohnzimmer unten drang die Erkennungsmelodie der BBC-Fernseh-Nachrichten herauf. Er konnte auch hinuntergehen und sich die Sendung ansehen.

Im Wohnzimmer saßen Großmutter und Großvater in ihren angestammten Sesseln, während der dritte Sessel zwischen ihnen für Neil freigeblieben war. Neil blieb unter der Tür stehen, um zu sehen, ob es etwas Interessantes gab. Man berichtete nur von der Kalkutta-Krankheit, die irgendwo in der Gegend von Karatschi wieder aufgetreten war.

2

Man nannte sie auch noch Kalkutta-Krankheit, als sie sich bereits südwärts bis nach Ceylon ausgebreitet hatte und nach einem Sprung über den Indischen Ozean hinweg in Mombasa Fuß faßte. Infektionsherde wurden bald auch aus Kairo und Athen gemeldet. Da man inzwischen sicher war, daß die Krankheit durch Flugreisende übertragen wurde, mußte sich jeder, der eine Reise antreten wollte, einer strengen Untersuchung unterziehen.

Aber auch die strengsten Kontrollen und das größte Verständnis der betroffenen Reisenden konnten wohl nicht viel bewirken. Anscheinend gab es vor dem Auftreten des Fiebers, das sich stets als erstes Krankheitssymptom einstellte, eine Zeitspanne von einigen Tagen, während derer die Krankheit latent vorhanden war, und eben während dieser Zeit erfolgte die Ansteckung. Auch jemand, der alle Vorschriften gewissenhaft befolgte, konnte mit einer kranken Person in Kontakt gekommen und dadurch selbst zum Ansteckungsträger geworden sein. Und es waren nicht eben viele, die sehr gewissenhaft und vorsichtig waren. Besorgnis wandelte sich in Furcht, aus Furcht wurde Panik, als der Virus sich immer mehr ausbreitete und die Krankheit immer größere Ausmaße annahm.

Der Name Kalkutta wurde aus der Krankheitsbezeichnung fortgelassen und bald vergessen. Man sprach jetzt nur noch von der Krankheit, und die Menschen flohen blindlings vor ihr, oder sie versuchten es zumindest. Die Tatsache, daß vor allem alte Menschen befallen wurden, machte alles nur noch schlimmer. Die Armen unter ihnen waren verständlicherweise völlig hilflos; aber insgesamt gesehen, waren die alten Leute reicher als die jungen, und sie waren bereit, all ihr Geld einzusetzen, um dem unsichtbaren Tod zu entrinnen. Die Gefahr, daß sie die Krankheit in bisher noch nicht befallene Gegenden weiterschleppen könnten, schien ihnen nicht so wichtig.

Als die Krankheit auch aus Frankfurt am Main gemeldet wurde, hielt der Premierminister eine Fernsehansprache. Er traf dabei genau die richtige Mischung aus Besorgnis und Zuversicht. Die Lage sei zwar tragisch, doch die medizinische Wissenschaft der ganzen Welt konzentriere sich auf die Suche nach Heilmöglichkeiten. Könne irgend jemand wirklich glauben, daß die Wissenschaft, die schon so viele Leiden der Menschheit überwunden habe, gerade in diesem Falle versagen sollte? Keine Kosten und Mühen würden gescheut. Großbritannien, das auf seine großen Mediziner Jenner, Lister und Fleming nicht minder stolz sei als auf Nelson oder Churchill, leiste seinen vollen Beitrag zur Lösung dieser gemeinsamen Aufgabe.

Wir seien Gott Dank schuldig, daß die Krankheit unsere kleine Insel bisher verschont habe. Die Dankbarkeit müsse sich jedoch mit der Wachsamkeit verbünden. Er legte eine wirkungsvolle Pause ein, sein Gesichtsausdruck wurde strenger und drückte eher praktischen Sinn als Hoffnung aus. Der Notstand sei ausgerufen worden und mit sofortiger Wirkung in Kraft. Das Innenministerium werde Vorschriften erlassen, von denen eine sich auch mit der Einreise von Ausländern in das Vereinigte Königreich befasse. Bis auf weiteres würde keinem Ausländer über vierzig Jahren die Einreise gestattet, und dies ohne Rücksicht auf das verwendete Verkehrsmittel oder das Herkunftsland.

Der Großvater hatte lange mit seinem Vorschlag gezögert, hatte behutsam darum herumgeredet, ehe er endlich damit herauskam. Das Haus in Dulwich sollte verkauft werden. Sicherlich seien dort noch manche Dinge, die Neil gern haben wolle, und wenn er nicht selber dorthin fahren mochte, dann solle er eine Liste dieser Gegenstände aufstellen.

Neil zögerte keinen Augenblick. Er sagte, er wolle mit seinem Großvater fahren und alles an Ort und Stelle durchsehen. Folglich fuhren sie am nächsten Samstagmorgen gemeinsam in dem alten Wolseley durch Regenschauer und Sonnenschein. Neil bemerkte zwar, daß sie südlich von Tonbridge die A 21 verließen und über die A 20 nach London fuhren, doch er sagte nichts dazu.

Obwohl Neil so sicher getan hatte, war er unruhig bei dem Gedanken, wie es wohl sein mochte, das Haus wiederzusehen. Für einen Augenblick vergaß er alles, als sie kaum eine halbe Meile vom Haus entfernt in eine vertraute Straße einbogen. Er fühlte sich wie in alten Zeiten, wenn der Großvater ihn nach Hause gefahren hatte, und er meinte, alle würden ihn daheim erwarten. Es währte nur Sekunden. Dann stellte sich die längst gewöhnte Welle von Übelkeit ein, doch auch sie währte nicht lange. Sie wurde von dem ebenfalls vertrauten Gefühl völliger Leere abgelöst.

Sie stellten den Wagen vor der verschlossenen Garage ab, und der Großvater schloß die Haustür auf. Ein seltsam modriger Geruch füllte das Haus, und obgleich noch alle Möbel an ihrem Platz standen, schienen die Stimmen ein Echo hervorzurufen. Offenbar hatte jemand geputzt, denn es kam Neil alles viel ordentlicher vor, als er es in Erinnerung hatte. Im Wohnzimmer war eine leere Stelle dort, wo der Fernseher gestanden hatte. Er war gemietet gewesen und wohl zum Geschäft zurückgebracht worden.

20

schnell weiter, fragte, wie denn die neue Schule sei, ob Neil denn schon in Battle gewesen sei und die Stelle gesehen habe, wo Harold durch einen normannischen Pfeil getötet worden sei, ob er schon viele neue Freunde habe . . .

Nachdem er das gesagt hatte, sah er noch verlegener aus. Er war damit dem Thema zu nahe gekommen, das auf keinen Fall erwähnt werden durfte. Auch Großvater wirkte betreten. Er erkundigte sich bei Mr. Preston nach dessen Garten, und der griff dieses neue Gesprächsthema dankbar auf. Blattläuse waren ein unverfänglicherer Gegenstand. In diesem Jahr waren sie eine wahre Plage. Zweimal täglich mußten die Rosen besprüht werden.

Von den Blattläusen kam man auf die Krankheit. Großvater meinte, das Einreiseverbot sei die erste vernünftige Maßnahme der Regierung gewesen. Mr. Preston schüttelte den Kopf.

»Zu spät!«

»Das ist wohl übertrieben pessimistisch. Gott sei Dank leben wir auf einer Insel. Nichts beweist, daß die Kontrollen wirkungslos bleiben, wenn sie nur richtig gehandhabt werden. Und die Menschen sind jetzt so verängstigt, daß sie sich sehr vorsehen werden. Schließlich ist das alles ganz anders als bei der Tollwut. In Europa sterben die Menschen zu Tausenden!«

»Die Krankheit ist schon hier!«

»Aber sicher nicht. Wenn sie es wirklich wäre . . .«

»Weil man in den Nachrichten nichts davon gesagt hat, meinen Sie? Das wird man auch nicht. Vergessen Sie nicht, daß zu den Notstandsverordnungen auch die Zensur von Presse und Rundfunk gehört. Jenseits des Kanals ist Panik ausgebrochen, und man will vermeiden, daß es hier ebenfalls dazu kommt.«

»Gerüchte gibt es immer.« Großvaters Worte klangen sehr kühl. »Ich glaube nicht, daß es sehr hilfreich ist, darauf zu hören oder sie zu verbreiten.«

»Es ist kein Gerücht. Wieder schüttelte Mr. Preston den Kopf. »Ich kenne jemand, der genau die Zahl der Fälle weiß, die Krankenhäuser . . . Ich sage Ihnen – wir haben die Krankheit schon bei uns.«

Bald darauf beendete der Großvater das Gespräch. Es endete lärmend und nervös, wie es begonnen hatte. Mr. Preston versicherte noch einmal, wie froh er sei, Neil so wohlauf zu sehen, und er hoffe doch sehr, daß er bald einmal zu Besuch kommen werde. Susan würde es sicher sehr leid tun, daß sie ihn verpaßt habe, aber sie sei heute mit ihrer Mutter zum Einkaufen.

Neil antwortete höflich. Susan war ein Jahr älter als er, ein herrschsüchtiges Mädchen mit einer langen, spitzen Nase. Keiner in der ganzen Familie hatte sie ausstehen können, und nach einem Besuch im Zoo hatte Andy ihr den Spitznamen Tapir gegeben.

Auf der Rückfahrt war der Großvater anfangs still, aber später sprach er über Mr. Preston. In schwierigen Zeiten gebe es immer Leute, die Gerüchte ausstreuten. Manche neigten einfach dazu, allerlei zu erfinden.

»Ich erinnere mich noch an 1940«, sagte er, »als wir alle auf eine deutsche Invasion warteten. An einem Septemberabend hatte ich Dienst bei der Zivilverteidigung, und wir hörten Flugzeuge über uns – eine Welle nach der anderen. So hatten wir es noch nie gehört. Als ich am frühen Morgen heimging, begegnete mir eine Frau, die fest behauptete, in Kent seien deutsche Truppen gelandet, und dort tobten jetzt heftige Kämpfe. Deal sei bereits eingenommen worden, sagte sie. Die Frau sah völlig normal aus, sie war sorgfältig gekleidet, wirkte ganz und gar nicht hysterisch – und ich glaubte ihr. Erst Stunden später wußte ich, daß kein Wort von dem, was sie mir erzählt hatte, der Wahrheit entsprach. Es hatte keine Landung gegeben. Die Flugzeuge, die wir gehört hatten, waren Bomber beim Anflug zum ersten Nachtangriff auf London gewesen.«

Eine Weile fuhr er schweigend weiter, ehe er hinzufügte: »Damals wurde das Verbreiten von Gerüchten als Verbrechen betrachtet, und ich meine, das sollte man heute auch wieder tun. Jedenfalls sollten wir solche Redereien gar nicht beachten. Ich würde an deiner Stelle zu Hause kein Wort davon erwähnen, Neil.« Sicherlich dachte er dabei an die Großmutter.

»Ich sage nichts«, antwortete Neil.

»Es ist auch absolut kein wahres Wort daran, da bin ich sicher.«

Neil bemerkte noch etwas anderes. Aus den Worten des Großvaters sprach nicht nur Rücksichtnahme auf die Großmutter. Er fürchtete sich auch selbst. Er sagte leichthin: »Mr. Preston hat schon immer übertrieben, das weiß jeder.«

»Ja.« Der Großvater schien ein wenig sicherer zu werden. »Wir sind ein bißchen zu spät aufgebrochen, um rechtzeitig daheim zu sein. Ich schlage vor, wir halten unterwegs an und essen in einem Gasthaus. Ist das ein guter Gedanke?«

Das Gerücht hatte Rye erreicht, als Neil am Montag zur Schule ging, und als er heimkam, war es auch in Winchelsea Tagesthema. In den Abendnachrichten brachte man ein förmliches Dementi der Regierung. Am nächsten Tag waren die Gerüchte schon viel genauer. In den Straßen Londons brächen Menschen tot zusammen, hieß es. Ein Altersheim in Croydon sei bis zum letzten Bewohner ausgestorben.

Am Abend kam der Arzt vorbei, um nach Neils Großmutter zu sehen. Als Neil aus der Schule kam, erklärte der Großvater beunruhigt, sie habe sich unwohl gefühlt, und er habe sie ins Bett geschickt. Neil fragte, ob er hinaufgehen und nach ihr sehen sollte, doch es hieß, sie schliefe jetzt wahrscheinlich, denn sie habe eine unruhige Nacht hinter sich.

Neil ging in sein Zimmer und setzte sich an seine Schularbeiten. Damit war er fast fertig, als er hörte, daß draußen vor der Tür ein Auto hielt. Er blickte aus dem Fenster und sah den langen, hageren Doktor mit seiner Tasche ins Haus treten.

Neil war im Wohnzimmer, als der Arzt die Treppe herunterkam. Auch der Großvater saß dort und tat vergeblich so, als folge er aufmerksam dem Fernsehprogramm. Er schaltete das Gerät ab und fragte in einem gezwungen beiläufigen Ton: »Na, Alan, wie geht es ihr?«

»Ein bißchen Fieber«, antwortete der Arzt leichthin. »Hals- und Kopfschmerzen. Es könnte eine Grippe sein, wahrscheinlich ist es nur eine Erkältung.«

»Kein Grund zur Besorgnis?« Der Großvater ging zum Wandschrank. »Einen Scotch? Mit Wasser?«

»Einen Schluck! Ja . . . Das tut gut. Den könnte ich jetzt gebrauchen.«

»Einen harten Tag gehabt?«

»Mehr als das. Eine ganze Reihe meiner älteren Patienten haben die Krankheit oder bilden es sich wenigstens ein. Es ist zwar nicht sehr schwierig, es ihnen wieder auszureden, aber es braucht eben seine Zeit.«

»Der Großvater errötete ein wenig und sagte: »Ein Wunder ist es ja nicht, bei dem vielen Gerede, das man jetzt überall hört . . .«

»Ja, ja, es ist durchaus verständlich. Ich beklage mich nicht. Immer noch besser eine eingebildete Krankheit als eine wirkliche.«

»Und wenn sie wirklich käme . . .«

»Was? Die Krankheit, meinen Sie?«

»Ja. Was könnte man dagegen unternehmen?«

»Das wäre seltsamerweise nicht weiter schwierig, glaube ich. Das anfängliche Fieber ist leicht, und man kann wenig dagegen tun. Nur einfach das Übliche: Wärme, Bettruhe, viel Flüssigkeit. Und noch zweckloser wäre es, das zweite Stadium behandeln zu wollen. Die Kranken sterben für gewöhnlich an Herzversagen, es gibt keine besonderen Vorwarnungen. Wenn es wirklich zu einem Ausbruch der Krankheit käme, würde man uns Ärzte wahrscheinlich gar nicht erst rufen.«

»Vielleicht kommt es ja nie dazu.«

»Das ist gut möglich.«

»Dieses Gerede, wir hätten die Krankheit jetzt schon in England, ist doch lächerlich . . .«

»Wir haben sie aber wirklich.« Er leerte sein Glas. »Eine ziemlich große Zahl bestätigter Fälle, und Gott allein weiß, wie viele darüber hinaus kurz vor dem Ausbruch stehen. Das Kind war längst in den Brunnen gefallen, ehe man ihn zugedeckt hat.«

»Was wird geschehen?« fragte der Großvater leise.

»Ein Chaos, wenn man daran denkt, was sich andernorts zugetragen hat. Aber vielleicht spart die Krankheit unser entlegenes Nest aus.«

»Glauben Sie das wirklich?«

»Virusepidemien entstehen in dicht bevölkerten Gegenden. Ähnlich wie der ganz gemeine Schnupfen, der ganze Gebiete befallen kann. Und dann baut sich ein Widerstand dagegen auf, und der Feind wird schwächer, wankt und fällt in sich zusammen. Das ist der normale Lauf der Dinge.«

»Sie meinen also, die Krankheit könnte auf die großen Städte begrenzt bleiben?«

»Nein, das nicht. Aber sie werden wohl die Hauptlast zu tragen haben. Und je entlegener ein Gebiet ist, desto größer ist die Chance, heil davonzukommen. Und was ganz besonders belastete Berufsstände angeht, so weiß ich einen, der sicher betroffen sein wird.«

Großvater füllte das Glas des Arztes nach. »Und welcher ist das?«

»Danke. Die Leichenbestatter. Die medizinische Behandlung wird kein Problem sein, wohl aber die Beseitigung der Leichen. Ich habe gehört, daß die Krematorien in Deutschland vierundzwanzig Stunden täglich mit voller Kraft arbeiten, und trotzdem muß man darüberhinaus noch Massengräber schaufeln. Kalkgruben, genauer gesagt.«

»Entsetzlich!« Der Großvater schüttelte den Kopf. »Und man kann gar nichts dagegen tun?«

»Irgendwann wird man sicher einen Impfstoff entwickeln – aber die Sache ist eben völlig neu. Es gibt keine bekannten Anhaltspunkte, von denen man ausgehen könnte. Und bis man endlich ein Mittel gefunden hat, wird die Krankheit vielleicht von selbst abgeklungen sein und eine Million Tote hinterlassen haben.«

»Entsetzlich!« wiederholte der Großvater.

»Ja, sicher. Aber wohl auch nicht entsetzlicher als der Erfrierungstod, weil man es sich nicht leisten kann, im Winter die elektrische Heizung einzuschalten. Und nicht entsetzlicher als von irgendwelchen Rowdies erschlagen zu werden, die das bißchen Geld haben wollen, das man bei sich trägt.« Der Doktor trank sein Glas zum zweitenmal aus und griff nach seiner Tasche. »Ich werde jetzt lieber meine Beruhigungsrunde wieder aufnehmen.« Er nickte Neil freundlich zu. »Du bist jedenfalls in einer sicheren Altersgruppe.«

Neil antwortete: »Es soll ein paar Fälle gegeben haben, in denen auch Jüngere von der Krankheit befallen worden sind, nicht wahr?«

»Leute mit schwacher Konstitution«, antwortete der Doktor. »Und außerdem ganz und gar nicht in deiner Nähe. Der jüngste war siebenunddreißig, und das würdest du doch wohl für ziemlich betagt halten, nicht wahr?«

Alle Deiche brachen, als zwei Tage darauf offiziell zugegeben wurde, daß die Krankheit auch in Großbritannien ausgebrochen sei. Sie hatte zudem den Atlantik überquert und sowohl Nord- als auch Südamerika erreicht, und trotz wiederholter Dementis war man allgemein überzeugt, daß sie sich auch hinter dem Eisernen Vorhang schon seit einiger Zeit ausbreite.

Das, was von offizieller Seite verlautbart wurde, entsprach jetzt genau dem, was der Arzt vorausgesagt hatte. Je heftiger die Krankheit wüte, desto schneller werde sie sich ausgetobt haben. Inzwischen würden alle erdenklichen Maßnahmen getroffen, um sie unter Kontrolle zu bringen. Die Bevölkerung wurde aufgerufen, das Ihre zu tun, daß das Land diese düstere und tragische Zeit überstehe. Alte Leute wurden aufgefordert, ihre Wohnungen für längere Zeit nur dann zu verlassen, wenn eine Reise absolut unaufschiebbar sei. Dadurch würden sie nicht nur selber am besten geschützt, sondern es sei damit auch am sichersten einer Ausbreitung der Epidemie vorgebeugt.

Es war nicht leicht, genau zu erfahren, was sich danach zutrug. Die amtlichen Nachrichten flossen spärlich, und das bezog sich keineswegs nur auf die Lage in England. Auch das, was sich im Ausland zutrug, wurde heruntergespielt. Selbstverständlich häuften sich die Gerüchte. Man sprach von Kalkgruben, die in den Parks von London ausgehoben würden, von Menschen, die vor dem Gestank in den Gebieten flohen, in denen die Leichenbeseitigung völlig zusammengebrochen sei. Es hieß, der Premierminister und die meisten Regierungsmitglieder seien tot. Sicher war, daß er sich nicht mehr auf dem Bildschirm zeigte. Und dann war die Krankheit plötzlich in Rye und zwei Tage darauf auch in Winchelsea. Das war an dem Tag, an dem Mr. Dunhill in der Schule fehlte. Zwei Tage später war er wieder da, und er sah nicht verändert aus.

Aber die Klasse beobachtete ihn an den folgenden Tagen. Es war einfach nicht möglich, fand Neil, ihn nicht zu beobachten und darüber nachzudenken, ob er schon vom Tode gezeichnet sei und wie lange das Ende noch auf sich warten lassen mochte. Die Schüler schauten Mr. Dunhill ins Gesicht, und Mr. Dunhill schaute in ihre jungen Gesichter und sprach über Biologie. Eines Tages ließ er eine Prüfungsarbeit schreiben und sprach dann über die Ergebnisse. Für die Versetzungsprüfungen, so sagte er, müßten sie schon erheblich mehr leisten. Aber würde er noch da sein, um die Prüfungen abzuhalten? Glaubte er selber noch daran?

Am Montagmorgen war sein Anblick erschreckend. Er sah um mindestens zehn Jahre gealtert aus, und die Schüler sahen seine Hände zittern, als er etwas an die Tafel schrieb. Die Schrift war unbeholfen und zerfahren.

Während des Unterrichts kam der Direktor in die Klasse und sprach mit ihm. Sie flüsterten nur, doch es war offensichtlich, daß der Direktor etwas forderte, was Mr. Dunhill verweigerte. Es war klar, um was es sich handelte. Er sollte das tun, was schon ein anderer Lehrer getan hatte – heimgehen und in Frieden sterben, fern von beobachtenden Blicken.

Aber endlich zog sich der Direktor geschlagen zurück, und Mr. Dunhill wandte sich wieder der Klasse zu. »Radcliffe, ich nehme an, du hast die unerwartete Pause halbwegs zu nutzen gewußt.« Seine Stimme klang ein wenig schwächer, war aber noch immer sehr fest. »Vielleicht versuchst du jetzt noch einmal, etwas über den Aufbau des Kaninchenauges zu sagen.«

In den nächsten zwei Tagen verfiel er zusehends. Die Haut wurde faltig, die Stimme immer brüchiger, die Bewegungen wurden tastend und unsicher. In der letzten Stunde wurde es zu schwer für ihn, noch etwas an die Tafel zu schreiben. Dann ließ er sich auf seinen Stuhl sinken und sprach über seine Lage. »Ihr habt sicherlich die Veränderungen in meiner äußeren Erscheinung bemerkt – weit genauer womöglich, als ich sie selbst vor dem Spiegel wahrgenommen habe. Ich frage mich, ob euch dabei etwas Absonderliches aufgefallen ist: Meine Haut ist runzlig geworden, aber mein Haar hat seine Farbe kaum verändert. Die Betonung liegt auf »kaum«. Die Haarwurzeln sind ziemlich weiß. Das eigentliche Haar jedoch ist nur ein wenig ergraut. Das hat seine Ursache darin, daß das menschliche Haar langsamer wächst, als die Zellveränderung vor sich geht, die durch die Kalkutta-Krankheit hervorgerufen wird.«

Er schwieg eine Weile, als würde ihm das Sprechen zu beschwerlich. Mit seiner gewohnten Geste rieb er die Handflächen aneinander, dann fuhr er fort: »Es hat den Anschein, daß ihr bald in einer Welt leben werdet, in der es keine alten Menschen mehr gibt. Auch die Menschen mittleren Alters werden möglicherweise verschwunden sein, denn die Zahl der Toten aus der Altersgruppe um dreißig scheint sich zu erhöhen.«

Wieder schwieg er eine Weile. »Dies mag, wenn man einmal rein persönliche Betroffenheiten beiseite läßt, so scheinen, als bräche damit ein Zeitalter herrlicher Freiheit von der Tyrannei der älteren Generation an. Das mag so sein. Andererseits würde ein solches Zeitalter sich möglicherweise als viel weniger herrlich erweisen, als ihr vielleicht denkt. Auf jeden Fall aber hoffe ich, daß ihr eure Freiheit gut nützen werdet.«

Mr. Dunhill stand auf. »Und jetzt bin ich sehr müde und schlage vor, diese Stunde vorzeitig zu beenden. Ich werde morgen nicht bei euch sein, aber ich vermute, daß der Wegfall des Biologieunterrichts zu den geringsten Problemen gehört, die vor euch liegen. Ich sage euch allen Lebewohl.«

Jemand murmelte eine Antwort. Der Rest der Klasse sah schweigend zu, wie er unsicher zur Tür ging und sie hinter sich schloß, ohne sich vorher noch einmal umzusehen.

3

Am Ende der Woche wurde die Schule geschlossen; vorübergehend, wie es hieß, doch niemand sagte, wann sie wieder geöffnet werden sollte. Die Gesamtlage wurde chaotisch. Es gab plötzliche Stromausfälle, die manchmal stundenlang dauerten, bestimmte Lebensmittel und auch andere Dinge des täglichen Lebens wurden knapp. Die Straßen leerten sich mehr und mehr, denn immer weniger Leute wagten sich auf die Straße, wenn nicht unerläßliche Dinge zu erledigen waren. Das Grün des Sumpflandes unterhalb des Ortes färbte sich braun, während die Bulldozer – die noch zu den wenigen Wahrzeichen der Aktivität zählten – Gräben für die Massengräber aushoben.

Am letzten Schultag blieb der Bus aus, und Neil mußte die zweieinhalb Meilen nach Winchelsea über das Moor gehen. Als er die steile Steigung zum Stadttor hinaufging, kam ein Auto in ungezügelter Fahrt herabgeschossen. Das Fahrzeug raste genau auf Neil zu, doch er konnte ihm mühelos ausweichen. Dann sah er, wie das Auto sich ein Stück weiter abwärts in einen Zaun verfing und über der Talsenke hängenblieb.

Er kehrte um, weil er sich das Auto genauer ansehen wollte. Der Fahrer, der darin saß, wirkte so alt, daß Neil in ihm kaum noch Mr. Behrens erkannte, einen Mann mittleren Alters, der mit seinen Großeltern befreundet war. Es gab keinerlei Anzeichen für eine Verletzung, doch der Mann war tot.

Da er nichts anderes unternehmen konnte, setzte Neil seinen Anstieg fort. Im Vergleich zu den meisten anderen Orten hatte Winchelsea schon immer menschenleer gewirkt, doch an diesem Nachmittag schien diese Leere fast greifbar geworden zu sein. Es war ein heißer, schwüler Tag, und ein paar dicke Regentropfen platschten nieder, als Neil über die Hauptstraße ging. Die wenigen Geschäfte waren geschlossen. Außer trägem Vogelgezwitscher war kein Laut zu hören. Als Neil an einem offenen Fenster vorüberging, roch er den süßlichen Duft der Verwesung. Noch vor einer Woche hätte er den Geruch nicht erkannt; jetzt war er ihm vertraut.

Er trat in das Haus der Großeltern und rief, um seine Ankunft anzukündigen. Sein Großvater kam aus dem Wohnzimmer in die Diele. Vor einer Woche hatte er das Fieber gehabt, und jetzt war offensichtlich, daß er sterben würde. Neil hatte sich vorgenommen zu fragen, ob er irgend etwas für Mr. Behrens tun könne, doch er brachte es jetzt nicht über sich. Man würde die Leiche ohnehin bald finden und auf den Lastwagen werfen, der täglich mit den Toten des Ortes nach Rye fuhr.

Der Großvater ging voraus in die Küche, Neil folgte ihm. »Deiner Großmutter geht es nicht allzu gut«, sagte er mit einer hilflosen Geste und deutete auf einen Korb mit frischen Kartoffeln. »Ich wollte das Abendessen für dich machen, aber . . .«

»Schon gut«, erwiderte Neil. »Mach dir darüber keine Gedanken. Ich habe sowieso keinen Hunger.«

»Du mußt essen.« Die Stimme klang fast beschwörend. »Du mußt bei Kräften bleiben.«

»Ich mache mir etwas. Kann ich etwas für dich oder für Großmutter tun?«

»Nein, aber . . . Kümmere dich um sie, ja? Es wird nicht mehr lange dauern. Ich habe Dr. Ruston nicht gerufen. Es hat keinen Zweck. Wir wissen ja, was es diesmal ist.«

Er stützte eine Hand auf den Rand des Küchentisches und setzte sich schwerfällig auf einen Stuhl. Dann blickte er zu Neil auf und sagte: »Wir können uns beide nicht beklagen. Wir haben eine lange und gute Zeit erlebt, und wir werden beide fast gleichzeitig sterben. Deine Großmutter wäre ja auch ganz verloren, wenn sie allein zurückbleiben müßte. Nur um dich mache ich mir Sorgen, Neil.«

Widerspruch schien sinnlos zu sein, darum antwortete Neil: »Mach dir keine Sorgen. Ich werde schon zurechtkommen.«

»Du bist einsamer als die meisten anderen nach dem, was geschehen ist. Aber zumindest ist alles geordnet. Penstable in Rye kennt alle Einzelheiten. Er hat die Testamente und so weiter.«

Penstable war der Anwalt des Großvaters. Neil sagte nichts, und sein Großvater fuhr fort: »Ich nehme an, Penstable wird auch sterben, wenn er nicht schon tot ist. Aber einer seiner jungen Teilhaber wird alles regeln. Es ist ja auch ganz einfach – es fällt alles an dich.«

Er schwieg eine Zeitlang. »Du wirst recht gut gestellt sein. Dein Vermögen wird verwaltet, bis du einmal zwanzig bist, aber ich habe Anweisung gegeben, daß man nicht zu kleinlich sein soll.« Wieder schwieg er und atmete schwer. »Die Hauptsache ist, daß genug für eine gute Ausbildung da ist. Die Universitäten sind heutzutage eine teure Angelegenheit geworden. Ich hoffe, du suchst dir einen anständigen Beruf aus. Sicher wirst du nicht mit Geld allein zufrieden sein wollen.«

Neil hatte bisher still zugehört, doch jetzt sagte er: »Hör auf!« Auf irgendwen oder irgend etwas war er böse, doch er wußte nicht, auf wen oder was.

Sein Großvater erwiderte: »Es tut mir leid, Neil. Es ist schwer für dich.«

Neil nahm den alten Mann behutsam beim Arm. Sein Ärger war wieder einer seltsamen Benommenheit gewichen. Er sagte: »Komm mit ins Wohnzimmer. Ich mache uns eine Tasse Tee. Leider nur mit Büchsenmilch.«

Sein Großvater ließ sich führen und setzte sich in den Lehnstuhl. Der Bildschirm des Fernsehgeräts wurde hell und zeigte, daß der Stromausfall vorüber war. Es kam jedoch kein Bild, so daß Neil das Gerät endlich abschaltete. Er fragte sich, ob auch dies eine vorübergehende Maßnahme wäre, ob man die Fernsehsendungen für die Dauer der Krise eingestellt habe. Aber das war im Grunde unwichtig.

Am nächsten Morgen war sein Großvater tot. Neil wußte genau, was sich abspielen würde, wenn er jetzt den Not-Bestattungsdienst anrief. Der Lastwagen würde kommen, und ein paar Männer würden den in Tücher gehüllten Leichnam auf den Wagen heben und mit der übrigen Fracht nach Rye bringen. Neil konnte diesen Gedanken nicht ertragen.

Er erklärte der Großmutter, was er vorhatte, und sie wandte den Blick vom Gesicht des Toten ab und nickte. Dicht hinter der Hintertür war ein Blumenbeet, in dem das Graben nicht schwer war. In der Nacht hatte es geregnet. Der Morgen war trüb und feucht. Neil merkte bald, wie er beim Graben ins Schwitzen geriet. Seine Großmutter kam aus dem Haus und stand dicht bei ihm. Sie sagte: »Wenn ich könnte, würde ich dir helfen.«

Neil wischte sich mit dem Handrücken den Schweiß von der Stirn. »Geh lieber hinein und ruh dich aus!«

Sie blickte in die Grube. »Machst du sie auch tief genug?«

Tief genug für zwei, meinte sie. Er sagte noch einmal, diesmal jedoch freundlicher: »Geh ins Haus, Großmutter! Ich rufe dich dann.«

Als die Arbeit getan war, bestand sie darauf, gemeinsam mit ihm den Leichnam ins Freie zu schaffen und in das Grab zu betten. Sie nahm einen Erdbrocken, zerdrückte ihn in der Hand und warf die Erde auf das Tuch. Dabei sagte sie: »Leb wohl, Ted!« Dann wandte sie sich ab und ging ins Haus. Neil deckte den Leichnam mit Erde zu.

Eine Woche darauf begrub Neil seine Großmutter. Davor hatte er das Haus nur verlassen, wenn er für sie beide etwas zu essen holen mußte. Das war mit Schwierigkeiten verbunden. Eines der Geschäfte hatte zwar wieder geöffnet, doch stand kaum noch etwas in den Regalen. Neil ging weiter aufs Land hinaus und fand ein Bauernhaus. Es schien verlassen zu sein. Nirgends war eine Spur menschlichen Lebens zu entdecken, und es kam auch niemand, als er klopfte. Nachdem er dies mehrmals wiederholt hatte, ohne Antwort zu erhalten, stellte er fest, daß die Tür nicht verschlossen war. Er drückte sie auf.

Ein Geruch von Tod vermischt mit Gerüchen von Kochdunst, von Leder und Bohnerwachs schlug ihm entgegen, doch er fand im Untergeschoß keine Leichen, und zum Obergeschoß ging er nicht. In der Küche lagen verdorbene Lebensmittel, doch dahinter gab es eine Speisekammer mit Käse und Kartoffeln und einer Schüssel mit Eiern, die verhältnismäßig frisch sein mußten, denn sie sanken unter, als Neil sie zur Probe in Wasser legte.

Er packte zusammen, was er haben wollte, und ließ dafür auf dem Küchentisch eine Pfundnote zurück, die er mit einer Kartoffel beschwerte. Zwar bezweifelte er, daß da noch irgend jemand war, der das Geld an sich nehmen konnte, aber es schien ihm so dennoch richtiger. Er hatte ohnehin soviel Geld, daß er gar nicht wußte, was er damit anfangen sollte. Noch wenige Tage vor seinem Tode hatte sein Großvater einige hundert Pfund von der Bank abgehoben.

Als er das Haus verließ, sah er sich auf dem Hof einer Kuh gegenüber. Sie muhte kläglich. Ihr Euter war prall gefüllt. Leise sprach er beruhigend auf sie ein, nannte sie Daisy, betrachtete sie nachdenklich, dann ging er in die Küche zurück. Der Eimer, der umgestülpt auf dem Tisch stand, sah sauber aus, aber er spülte ihn trotzdem noch einmal aus.

Die Kuh war noch da. Sie senkte den Kopf, als Neil auf sie zuging, doch sonst rührte sie sich nicht. Er schob ihr den Eimer unter den Leib, und sie muhte noch einmal, als seine Hände ihr Euter berührten. Heimlich befürchtete er, daß sie ihm durchgehen könne. Zu Hause stand genug Büchsenmilch. Aber die Kuh blieb stehen, und seine ungeschickten Bewegungen, die er irgendeinem Fernsehfilm abgeschaut hatte, brachten ungleichmäßige Strahlen von Milch hervor, die laut in den Eimer platschten, ihn manchmal auch verfehlten und sich über den Boden ergossen.

Mit einem Melkschemel wäre das alles viel leichter gewesen, aber es schien nicht der Mühe wert zu sein, danach zu suchen. Heutzutage, da Kühe von Maschinen gemolken wurden, gab es solche Schemel vielleicht gar nicht mehr. Er mußte niederknien, das Gesicht gegen den warmen Leib der Kuh gelehnt, und seine Haltung jedesmal verändern, wenn er spürte, daß seine Muskeln zu verkrampfen drohten.

Als der Eimer zu drei Vierteln gefüllt war, hatte er genug von der Mühe. Das Euter sah noch immer voll aus, aber offenbar war die Kuh schon sehr viel zufriedener. Neil fragte sich, wie viele andere Kühe gequält darauf warten mochten, gemolken zu werden. Wahrscheinlich waren sie zu Tausenden über das ganze Land verstreut. Er gab Daisy einen Abschiedsklaps auf den Bauch und hob den Eimer auf, als sie davontrottete. Milch, so erinnerte er sich, mußte eigentlich pasteurisiert werden, doch er beschloß, sich darüber keine Gedanken zu machen.

Auf dem Heimweg begegneten ihm Schafe, die sich wohl einen Durchschlupf durch den Zaun gebahnt hatten, der sie für gewöhnlich gefangen hielt. Da es keinen Autoverkehr mehr gab, war das nicht so wichtig. Als Neil jedoch den Hügel zum Ort hinaufstieg, kam ihm ein Fußgänger entgegen. Eine brüchige Stimme grüßte ihn, und Neil brauchte einige Zeit, um Jack zu erkennen, den Tankwart der Autowerkstatt, der Großvaters Wagen betreut hatte. Er sah aus wie ein alter, dem Tode naher Mann, und dabei war Jack doch erst Mitte zwanzig.

Neil murmelte etwas wie eine Antwort. Was gab es da zu sagen? Er hatte sich an die schrecklichen Veränderungen gewöhnt, die von der Krankheit hervorgerufen wurden, und er sah sie jetzt ohne Abscheu. Aber diesmal überkam ihn doch Furcht. Jack war das jüngste Opfer, das er bisher gesehen hatte – mindestens zehn Jahre jünger als alle anderen.

Das bisher wechselhafte Wetter wurde beständig. Ein Hoch brachte wolkenlosen Himmel. Am Tage nach dem Tode von Neils Großmutter brannte die Sonne auf die weißen Hauswände hernieder, und am Nachmittag war es sehr heiß. Der Totengeruch wurde stärker. Gestern war der Leichenwagen voll gewesen; heute hatte er sich nicht sehen lassen.

Gegen Abend klang die Hitze etwas ab, aber es war noch immer warm. Seit vierundzwanzig Stunden gab es keinen elektrischen Strom mehr, und Neil nahm an, es würde wohl noch lange dauern, bis sich daran etwas änderte. Er schaltete sein mit Batterien betriebenes Radiogerät ein und suchte die Wellen ab. Nur wenige Stationen sendeten Programme. Zwei in französischer Sprache, eine auf deutsch, eine in einer Sprache, die er für niederländisch hielt. Endlich fand er BBC. Eine Stimme las monoton Ratschläge und Verordnungen vor. Zumeist bezogen sie sich auf das Leben in den Großstädten, und aus ihrem Wortlaut konnte man sich ein Bild von den entsetzlichen Zuständen machen, die dort herrschten. Immer wieder wurde betont, daß das Land jetzt unter Kriegsrecht stehe. Die Truppen hätten Anweisung, Plünderer an Ort und Stelle zu erschießen.

Neil schaltete das Gerät aus. Die Sendungen waren entmutigend, sagten ihm nichts Nützliches und verschwendeten nur den kostbaren Strom der Batterien. Er bereitete sich ein Abendessen aus Büchsenspeck und gebackenen Bohnen, dann saß er am Fenster und starrte in die Dämmerung hinaus. Auf der anderen Straßenseite hatte jemand eine Kerze angezündet, aber das war das einzige sichtbare Licht. Auch Neil hatte Kerzen, doch er dachte, daß er damit lieber so sparsam umgehen wolle wie mit den Radiobatterien. In der Ferne heulte ein Hund. Danach herrschte einige Zeit Stille, ehe der Lärm losbrach.

Es begann als fernes Brummen, das schnell als das Dröhnen herankommender Motorräder zu erkennen war. Sie kamen von Hastings her, bogen jedoch nicht in die Umgehungsstraße, sondern fuhren in den Ort ein. Der Lärm schwoll an, ließ nach, veränderte den Klang, und Neil meinte, sie führen wohl weiter nach Rye. Dann schwoll das Geräusch wieder, ließ nach, schwoll wieder an, und so immer abwechselnd.

Offenbar jagten die Motorräder immer rund um den Kirchplatz. Die Neugier trieb Neil aus dem Haus. Er wollte sehen, was da vor sich ging. Scheinwerfer flammten vor ihm auf, und er drückte sich in eine Toreinfahrt, um nicht gesehen zu werden.

Sie waren ein halbes Dutzend. Die Fahrer trugen schwarze Lederjakken und weiße Helme mit einem schwarzen Zeichen, einem Totenkopf wahrscheinlich. Sie jagten immer wieder rund um den Platz, und das Dröhnen ihrer Motoren füllte die Abendluft. Kein Mensch trat aus den umliegenden Häusern, und falls es doch jemand tat, hielt er sich außer Sichtweite, genau wie Neil.

Nach einem guten Dutzend Runden bogen die Motorräder in den Hiham Park ein. Die Motoren schwiegen. Neil hörte lautes Geschrei, dann splitterndes Glas. Offenbar plünderten die jungen Leute das Dorfwirtshaus. Es war schon seit einigen Tagen geschlossen, aber gewiß gab es dort noch Alkohol.

Neil blieb, wo er war. Er hielt es nicht für gut, ins Haus zurückzukehren, solange diese Motorradfahrer im Ort waren. Eine halbe Stunde mochte vergangen sein, ehe die Motoren wieder aufdröhnten und die Maschinen der Hauptstraße zustrebten. Erneut nahmen sie ihre Runden um den Kirchplatz auf. Sie kamen dicht an der Toreinfahrt vorbei, in der Neil stand, und er hörte Geschrei über den Motorenlärm hinweg, konnte die Worte jedoch nicht verstehen. Die jungen Männer fuhren mit einer Hand, während sie in der anderen die Flasche hielten. Noch zwei Runden legten sie so zurück. Bei der dritten hob sich zunächst der Anführer aus dem Sattel, dann taten es ihm die anderen nach, und jeder schleuderte seine Flasche gegen die Kirche. Dann war es vorbei. Noch einmal fuhren sie an ihm vorüber, doch sie bogen nicht mehr nach rechts ein, und der Lärm verschwand südwärts.

Als wieder Stille eingekehrt war, ging Neil zur Ostseite der Kirche. Vermutlich hatten die Motorradfahrer mit den Flaschen auf die bunten Glasfenster gezielt, doch soweit er es in der Dunkelheit feststellen konnte, hatten sie ihr Ziel verfehlt.

Als er auf der unbelebten Straße zurückging, die jetzt nicht einmal mehr von ihrer einzigen Lampe, sondern nur noch vom Mondlicht erhellt wurde, dachte Neil über den Zwischenfall nach. Vermutlich hatte es sich um Herumtreiber aus Hastings gehandelt, die hier gewütet hatten. Freilich, es war noch glimpflich abgegangen, sie hatten nur verhältnismäßig geringen Schaden angerichtet, doch in einer Welt, in der Recht und Ordnung entweder nur noch durch bewaffnete Soldaten gewährleistet werden konnten oder gar nicht mehr vorhanden waren, mochte das beim nächsten Mal schon ganz anders aussehen. Vernünftig war es wohl, dachte Neil, sich einen Platz draußen auf dem Lande zu suchen – wie zum Beispiel das Bauernhaus, bei dem er die Kuh gemolken hatte – und sich dort verborgen zu halten, bis die Krankheit abgeebbt war und das Leben wieder seinen normalen Gang nahm. Es widerstrebte ihm jedoch, das Haus zu verlassen, das er kannte; selbst der beständige Todesgeruch, der über allem lag, konnte dieses Mißbehagen nicht vertreiben.

Er trat in das leere Haus und zündete eine Kerze an. Davon hatte er nur ein halbes Dutzend. Das Geschäft war ausverkauft gewesen, ehe es endgültig geschlossen wurde. Neil beschloß, am nächsten Tag nach Rye zu gehen und zu sehen, ob er dort mehr Kerzen finden konnte.

Rye war entsetzlich. Dabei war es nicht ganz so menschenleer wie

Winchelsea. Neil sah ein paar Leute auf den Straßen, auch ein paar Autos fuhren noch. Doch die Gesichter der Menschen spiegelten Hoffnungslosigkeit, und der Geruch des Todes war überwältigend, eine krankhafte Süße, die in der warmen Luft hing und Übelkeit erregte. Er ging die Hauptstraße entlang und blieb an den Hilderklippen stehen, um Ausschau zu halten. Das Moor dehnte sich grün und unbewegt, nur von einer unbefahrenen Straße durchzogen, aber gesprenkelt von den vertrauten weißen Punkten der Schafe. Unmittelbar jenseits des Moores lagen die braunen Streifen der geschlossenen Massengräber und eine offene Grube. Vermutlich war sie so geblieben, als der Fahrer des Bulldozers gestorben oder geflohen war. Neil sah den weißen Kalk in der Grube.

Kerzen hatte er nicht gefunden. Die Leute hatten wahrscheinlich die Läden leergekauft, sobald sie gemerkt hatten, daß die Stromversorgung zusammenbrechen würde. Die meisten Geschäfte waren geschlossen, nur einige hatten noch geöffnet. Dazu gehörte auch eine Lebensmittelhandlung, und Neil tauschte nutzlose Pfundnoten gegen Konservendosen und Schinken ein. Der Kaufmann, ein verängstigter Mann mittleren Alters, hatte wegen des Schinkens einige Skrupel: Er hatte im Keller gelegen, seitdem der Kühlschrank nicht mehr arbeitete, und der Mann konnte für die Frische nicht garantieren.

Neil sagte: »Das ist unwichtig.«

Der Kaufmann betrachtete die Banknoten, die er in seine Kasse legte. »Ja, das ist wohl unwichtig«, sagte er. Er nahm die Brille ab und starrte Neil aus kurzsichtigen Augen an. »Vor zwei Tagen hatte ich das Fieber.«

Neil hatte es eilig, wieder aus Rye herauszukommen. Die Stadt war unsagbar bedrückend. Er war mit einem Fahrrad gekommen, das er in Winchelsea herrenlos gefunden hatte. An der Bank hatte er es stehen lassen. Als er es holen wollte, begegnete er wieder einem Bekannten, doch diesmal war er es, der den anderen ansprach.

Das Gesicht erkannte er nicht. Aber das rote Haar und die kanarien-

40

gelbe Jacke waren unverkennbar. Beides gehörte zu einem alten Mann, von dem Neil genau wußte, daß er nur wenige Monate älter war als er selbst. Er blieb stehen. Nichts bisher hatte ihn so sehr erschreckt.

»Hendrix . . . bist du's?«

Hendrix sah in gleichgültig an. Er schien sprechen zu wollen, dann zuckte er die Achseln, als sei die Anstrengung zu groß, und schlurfte weiter.

Neil radelte, so schnell er konnte, aus Rye heraus, dann fuhr er durch das Moor. Er fühlte sich verstört und benommen, aber zugleich hatte er auch ein seltsames Gefühl der Heiterkeit und der Leichtigkeit. Nach dem betäubenden Geruch in der Stadt war es gut, wieder auf dem offenen Land zu sein.

Die Heiterkeit verging, während er das Rad die steile Anhöhe nach Winchelsea hinaufschob. Sie wich einem bleiernen Gefühl, das nicht nur in seinen Beinen war, sondern auch in seinem Rücken und in den Armen. Er ging durch das Stadttor und bewältigte die letzten Meter des ansteigenden Weges, doch als er wieder ebenen Boden erreicht hatte, ließ seine Müdigkeit nicht nach. Bei jedem Schritt während der letzten hundert Meter hätte er sich am liebsten zu Boden fallen lassen und auf dem Weg zusammengerollt.

Das Fahrrad fiel um, als er es gegen die Hauswand lehnen wollte, und er unternahm keinen Versuch, es wieder aufzurichten. Es gelang ihm, die Einkaufstasche mit den Lebensmitteln in die Küche zu bringen, aber mehr nicht. Er war zu erschöpft, um noch etwas fortzuräumen.

Der Spiegel über der Kamineinfassung im Wohnzimmer zeigte ihm sein Gesicht. Die Wangen waren scharlachrot, Schweißtropfen standen ihm auf der Stirn. Sein Kopf begann zu schmerzen, und er verspürte ein Zittern, das sich nicht unterdrücken ließ. Oben im Badezimmer war ein Thermometer, doch die Treppe schien ihm so hoch zu sein wie der Mount Everest. Und er brauchte kein Thermometer. Er wußte auch so, daß er hohes Fieber hatte. Seine Handfläche schien zu brennen, als er sie sich auf die Stirn legte.

So ist das also, dachte er und ließ sich ohne große Sorgen auf das Sofa sinken.

Für den Rest des Tages und während der darauffolgenden Nacht rührte er sich nicht von der Stelle, wenn ihn nicht der Durst in die Küche trieb. Es kam ihm sehr seltsam und wunderbar vor, daß dort Wasser floß. Nachdem er genug getrunken hatte, hielt er den Kopf unter den Wasserstrahl. Dann wankte er zurück und verfiel in einen von geisterhaften Träumen erfüllten Schlaf. Er saß wieder im Auto und sah, wie der Lastwagen sich vor ihnen auftürmte. Aber es gab keinen Zusammenprall. Seine Eltern, sein Bruder und seine Schwester starrten ihn mit leeren, gefurchten Gesichtern an. Und er war in der Schule, und Hendrix spottete über ihn: »Londoner Stadtbübchen...« Aber seine Stimme knisterte vor Schwäche. Ein Traum ging in den anderen über, und jeder war lächerlicher und entsetzlicher als der vorhergehende. Ein- oder zweimal wurde er wach, hörte seine eigene schreiende Stimme, empfand das bedrückende Schweigen der Nacht und sank in den Schlaf zurück.

Am Morgen mühte er sich in sein Zimmer, wo er dann fiebrig und benommen den Rest des Tages zubrachte. Im Laufe der nächsten Nacht ging das Fieber zurück. Er erwachte vom Zwitschern der Vögel – Spatzen hockten unter der Dachrinne – und mit einem wütenden Hunger.

In der Küche betrachtete er Schinken, Eier und Kartoffeln und dachte für einen schwindelerregenden Augenblick an einen riesigen Festschmaus mit gebratenem Schinken, aber der Herd war ohne Strom nutzlos. Neil öffnete eine Dose Bohnen und eine mit Thunfisch. Das war zwar nicht gerade das Frühstück, das er sich gewünscht hätte, doch er verschlang es gierig und fühlte sich danach besser. Eine Tasse Tee hätte alles noch besser gemacht, aber auch dazu war Elektrizität nötig.

Während er den benutzten Teller abspülte, dachte er darüber nach.

42

Die Gasversorgung war vermutlich ebenfalls unterbrochen; es wäre unvorsichtig, wenn noch immer Gas geliefert würde. Abseits gelegene Gehöfte hatten vielleicht Gasflaschen oder Herde, die mit Heizöl betrieben wurden.

Es war einen Versuch wert. Er verspürte nicht mehr das bisherige Widerstreben, das Haus zu verlassen. Es kam nur darauf an, möglichst kühl zu bleiben und sich mit den Dingen abzufinden, wie sie nun einmal waren. Anfangen konnte er damit, daß er zunächst einmal zu dem Bauernhof zurückkehrte.

Während er darüber nachdachte, entdeckte er sein Gesicht in dem alten Spiegel, der über der Spüle hing, und er erinnerte sich. Nicht etwa, daß da etwas Ungewöhnliches zu sehen gewesen wäre. Es war das Gesicht, das er sein Leben lang in Spiegeln gesehen hatte – dieselbe ein wenig breite Nase, die hohen Wangenknochen, die gesunde Gesichtsfarbe, das braune, lockige Haar.

Neil ließ den Teller fallen und hörte ihn in der Spüle zerklirren. Kein Unterschied war sichtbar – aber es gab einen Unterschied. Auch wenn das Zeichen nicht sichtbar war – er war ein Gezeichneter. Er hatte das Fieber gehabt. Eine Woche hatte er vielleicht noch zu leben, vielleicht weniger.

4

Von Tag zu Tag sah Neil weniger Menschen. Die wenigen, denen er in den geisterhaften Straßen des kleinen Ortes begegnete, schienen genausowenig zu Gesprächen und auch nur zum Gruß aufgelegt wie er selber. Eigentlich fand er das seltsam. Am Anfang der Krankheit war es vielleicht verständlich gewesen, als die Menschen noch die Anstekkung fürchteten und deswegen jedem aus dem Wege gingen, der den Virus vielleicht weitergeben konnte. Aber jetzt mußte doch jedermann wissen, daß es keine Möglichkeit gab, der Krankheit auszuweichen! Sie alle waren Opfer oder dazu bestimmt, es schon bald zu werden. Und doch merkte er, daß sogar er selbst, nachdem er das Fieber schon gehabt hatte, zur anderen Straßenseite überwechselte, wenn er sah, daß ihm jemand entgegenkam.

Am vierten Tag nach dem Fieber sah er niemand. Seine Lebensmittel wurden knapp, deshalb ging er in den Laden, der als erster geschlossen worden war. Nirgends war ein Lebenszeichen, doch er rüttelte laut und anhaltend an der Tür. Nach einiger Zeit trat er ein paar Schritte zurück und rief: »Ist da jemand?«

Nur das Echo seiner Stimme klang zurück.

Er rief noch einmal lauter, dann schrie er: »Lebt da drinnen noch jemand? Oder sonst irgendwo?«

Das heiße Wetter hielt immer noch an. Rosenduft mischte sich mit dem Geruch des Todes. Verzweifelt betrachtete er die sauberen weißen Hausfronten. Irgend jemand mußte doch endlich ein Fenster öffnen, sich hinauslehnen, ihn rufen! Ganz gleichgültig war, was jemand rief, und wenn es nur eine Aufforderung gewesen wäre, endlich still zu sein.

Aber nichts rührte sich. Er wartete wieder. Dann hob er einen Stein auf, zerschlug damit das Glas der Tür, griff hinein und schob den Riegel zurück. Drinnen war es dämmrig und kühler. Der Gestank von faulendem Gemüse fügte sich zu den anderen Gerüchen. Irgend etwas bewegte sich im Schatten. Er erstarrte. Es war nur eine Katze: groß, fett, träge. Liebenswürdig und furchtlos kam sie zu ihm. Schnurrend rieb sie den Kopf an seinem Bein. Hungrig sah sie wahrhaftig nicht aus. Entweder war noch genug Eßbares zurückgeblieben, oder es gab einen reichlichen Vorrat an Mäusen. Wahrscheinlich konnte sie auch durch ein Schlupfloch an der Hintertür ein und aus.

Die Regale standen voller Konservenbüchsen. Neil fand einen großen Karton und füllte ihn systematisch. Diesmal hielt er sich nicht damit auf, Geld zurückzulassen. Das war jetzt vorbei. Als er den Laden verließ und seine Last durch die Hitze trug, folgte ihm die Katze. Er lockte sie. »Pussy!« rief er. Er glaubte schon, sie würde mit ihm kommen, doch an der Straßenecke erinnerte sie sich vielleicht an den Verkehr, der sonst hier herrschte, und kehrte um.

Neil stellte seinen Karton auf die Kirchhofmauer. Er hatte ihn so sehr gefüllt, daß er recht schwer war. Vor ihm lagen die Gräber. Die grauen Steine ragten aus dem ungeschnittenen Gras. Gegen halb sieben war die Kirchturmuhr stehen geblieben. Neil schaute auf seine Armbanduhr und bemerkte, daß er vergessen hatte, sie aufzuziehen. Sie zeigte ein Viertel nach vier an. Wie spät mochte es wirklich sein? Nach dem Sonnenstand zu urteilen, mußte es um die Mittagszeit sein. BBC sendete kein Zeitzeichen mehr; aber vielleicht fand er eine Sonnenuhr. Er zuckte die Achseln, als er seinen Karton wieder anhob und durch das Tor trat. Es war unwichtig.

Mehrmals im Laufe des Nachmittags glaubte er, eine menschliche Stimme gehört zu haben. Er sagte sich selber, daß es sich wahrscheinlich nur um eine Einbildung handele – und außerdem: Was machte es schon aus? Aber endlich ging er doch nachschauen.

Die Stimme wurde lauter, als Neil sich der Häuserzeile näherte, die Trojans Platt genannt wurde. Es war ein wimmerndes Weinen. Neil folgte dem Geräusch bis zu einem bestimmten Haus, nahm all seinen Mut zusammen und rief dann zum Fenster hinein: »Wer ist da? Ist alles in Ordnung?«

Das Wimmern endete. Neil wartete, doch nichts geschah. Sekunden verrannen. Das Geräusch – was immer es auch sein und von wem es auch stammen mochte – war verstummt, und schon meldete sich wieder der alte Drang, jeder Begegnung aus dem Wege zu gehen, in die eigene Höhle zurückzukriechen und auf den Tod zu warten. Schon wollte Neil wieder gehen, als sich die Haustür öffnete.

Es hatte lange gedauert, weil es den anderen offenbar große Mühe gekostet hatte. Der hatte sich auf die Zehenspitzen recken und dann mit aller Kraft am Riegel ziehen müssen. Aus einem schmutzigen, tränenverschmierten Gesicht schaute er Neil an. Ungefähr sechs Jahre mochte er alt sein.

Sein Name schien Tommy zu sein – Tommy Mitcham, sagte er, und dann plapperte er seine Adresse herunter. Seine Eltern hatten ihn das wohl für den Fall gelehrt, daß er sich einmal verlaufen würde. Neil erinnerte sich, daß seine Mutter es ihn damals auch gelehrt hatte. Aber niemals hatte sie sich wohl vorstellen können, daß er einmal so schrecklich verloren sein könnte.

Stockend, aber durchaus verständlich erzählte der Junge seine Geschichte. Mammi und Daddy waren krank geworden, dann waren sie gestorben. Sie waren oben. Sie hatten ihm gesagt, daß er nicht ohne sie aus dem Haus gehen solle. Er hatte Kekse gegessen, aber die waren jetzt alle. Er war hungrig.

Neil sagte: »Das ist nicht schlimm. Ich habe etwas zu essen. Du kannst mitkommen.«

Der Junge blieb zögernd unter der Tür stehen.

Neil streckte die Hand aus. »Du darfst ruhig mitkommen, Tommy. Deine Mammi hätte nichts dagegen.«

Der Junge flüsterte etwas. Neil konnte ihn nicht verstehen. Er bat ihn, er solle lauter sprechen, und der Junge wisperte: »Susi!«

»Susi?«

Tommy drehte sich um und ging wieder ins Haus. Neil folgte ihm. Der Raum war sehr unordentlich. Spielzeug, Kleider und Kekspackungen lagen durcheinander. Vor dem leeren Kamin lag ein flauschiger Teppich mit einem goldenen Halbmond und ein paar Sternen darauf, und auf ihm lag, von den ungeschickten Händen ihres Bruders halbwegs angezogen, ein zweijähriges, schlafendes Mädchen.

Tommy sah ihn erwartungsvoll, aber zweifelnd an, und Neil sagte: »Es ist gut. Wir nehmen Susi auch mit.«

Neil trug sie, während Tommy neben ihm einhertrottete. Susi schlief halb und murmelte Worte, die ihm unverständlich blieben, schien aber recht zufrieden zu sein. Im Hause ließ er Wasser in die Badewanne laufen und setzte beide hinein. Sie ließen es willig geschehen und wehrten sich auch nicht gegen das kalte Wasser, denn es war ein heißer Tag. Dadurch löste sich vorerst auch die Frage der Bekleidung. Nachdem er beide mit einem Badetuch abgetrocknet htte, ließ er sie nackt herumlaufen. Ihre alten Kleider waren so schmutzig, daß er sie ihnen nicht wieder anziehen mochte.

Dann ging er daran, ihnen aus dem Inhalt einiger Konservendosen eine Mahlzeit zu bereiten, und sie aßen heißhungrig. Während sie damit beschäftigt waren – das kleine Mädchen konnte weit geschickter mit einem Löffel umgehen als Neil erwartet hatte –, wusch er ihre Kleider und hängte sie zum Trocknen auf.

Später, als die beiden Kinder mit Porzellanfiguren aus dem Schrank im Wohnzimmer spielten, sah ihnen Neil zu und dachte über sie nach. Die Krankheit hatte zunächst die Alten befallen, dann Menschen mittlerer Altersstufen, endlich auch die Jungen. Die Jugend hatte ihr einen größeren Widerstand entgegengesetzt. Das schien darauf hinzudeuten, daß es irgendeine innere Abwehrkraft gab, die mit zunehmendem Alter geringer wurde. Konnte das dann nicht auch bedeuten, daß diese Abwehrkraft bei ganz kleinen Kindern stark genug sein konnte, um der Krankheit gänzlich zu widerstehen?

Susi spielte mit einer Schäferin mit einem Lamm und ließ die Figur fallen, so daß sie auf dem Fußboden zerbrach. Neil erinnerte sich daran, daß seine Großmutter ihm dieses Stück nur mit ganz besonderer Vorsicht in die Hand gegeben hatte. Es sei eine sehr wertvolle Figur aus Dresden, hatte sie gesagt. Susi sah so erschrocken aus, daß Neil fürchtete, sie werde gleich weinen. Schnell suchte er etwas anderes, eine Schale aus Limoges-Porzellan mit Schnecken, die an der Außenseite emporzukriechen schienen, um die Kleine abzulenken.

überleben. Aber konnten sie – klein und ungeübt, wie sie waren – auch mit den alltäglichen Problemen des Überlebens zurechtkommen?

Er trat vor den Spiegel und betrachtete sich aufmerksam. Noch zeigte sich kein Hinweis darauf, daß er zu altern begann. Die Linien in seinem Gesicht zeugten nur von Nervosität, und sie schwanden, wenn er sich entspannte. Aber viel Zeit konnte ihm nicht mehr bleiben. Drei Tage? Höchstens vier. Das war keine große Zeitspanne, um einen kleinen Jungen von sechs Jahren darauf vorzubereiten, für sich selbst und eine hilflose kleine Schwester zu sorgen. Aber man mußte eben das Beste tun, was sich in dieser Lage ermöglichen ließ.

»Tommy?« rief er.

»Ja, Neil?«

»Ich möchte dir ein paar Dinge zeigen. Zuerst einmal, wie man mit einem Büchsenöffner umgeht.«

Neil brachte die beiden früh zu Bett. Tommy wollte eine Geschichte erzählt bekommen, und Neil gab sich die größte Mühe, sich an eine Geschichte zu erinnern, die ihm sein Vater früher vor dem Einschlafen erzählt hatte. Bei der Geschichte handelte es sich um einen großen Dampfzug und einen kleinen elektrischen Zug. Sie kam ihm immer lächerlicher vor, je weiter er damit kam, aber Tommy schien sie zu gefallen. Er lachte an den Stellen, über die früher auch Neil gelacht hatte, und er stellte Fragen, auf die Antworten schwer zu finden waren. Susi mischte sich nicht ein. Sie lutschte zufrieden an ihrem Daumen und starrte zur Decke.

Sie verlangten auch noch einen Gute-Nacht-Kuß – wenigstens Tommy forderte ihn –, und Neil erledigte auch das und hüllte beide sorgfältig in ihre Decken. Dann ging er ins Wohnzimmer hinunter und überlegte, wie er den Kindern helfen könne zu überleben.

Nahrung und Obdach waren am wichtigsten. Den Gebrauch eines Büchsenöffners hatte Tommy schnell begriffen. Zum Glück handelte es sich um ein Exemplar, das recht leicht zu handhaben war. Neil mußte einen großen Vorrat an Konserven beschaffen. Vielleicht war es sogar noch besser, Tommy mit in das Geschäft zu nehmen und ihm zu zeigen, wie er sich Vorräte beschaffen könne. Dann brauchten sie auch Kleider. Mit denen, die Neil vorhin gewaschen hatte, konnten sie ganz offensichtlich nicht auskommen, auch nicht im Sommer. Ein Bekleidungsgeschäft gab es in Winchelsea nicht. Neil konnte nach Rye fahren, aber vernünftiger war es wohl, noch einmal in das Haus zu gehen, in dem die Kinder bisher gelebt hatten. Neil dachte ungern daran, daß er vielleicht in das Obergeschoß hinaufgehen mußte, wo die toten Eltern lagen, obgleich er sich doch an das Sterben und an die Toten gewöhnt hatte. Sicherlich gab es dort aber Kleider, die den beiden paßten, wenn vielleicht auch kaum für den kommenden Winter. Die Kleider vom vergangenen Jahr waren ihnen gewiß zu klein geworden, und die für den nächsten waren vermutlich noch nicht gekauft worden.

Als er daran dachte, fühlte er plötzlich Verzweiflung in sich aufsteigen. Welche Chance hatten sie denn wirklich? Die Sommermonate mochten sie überleben, wenn er ihnen genügend Lebensmittel zurückließ, aber wie sollten sie im Winter zurechtkommen? Wenn sie nicht verhungerten, würden sie erfrieren müssen.

Neil schüttelte den Kopf. Es war hoffnungslos, und doch wollte er die Hoffnung nicht aufgeben. Nach allem, was er während der kurzen Bekanntschaft beobachtet hatte, hielt er Tommy für einen gescheiten Jungen, der über seine Jahre hinaus geschickt und tüchtig war. Wenn die beiden heil durch den Winter kämen, würde Tommy im Frühling schon wieder ein Jahr älter und entsprechend erfahrener sein. Und Susi würde dann groß genug sein, ihn zu begleiten, solange sie Tag für Tag nur eine kleine Etappe zurücklegten. Unterwegs würden sie sicherlich auch mehr zu essen finden. In Rye gab es bestimmt reichlichere Vorräte, und in Hastings sogar noch mehr.

Wieder trat Neil vor den Spiegel über dem Kamin. Die Sonne war untergegangen, im Zimmer war es dämmrig, doch Neil war ziemlich sicher, daß sich noch immer keine Veränderung zeigte. Das hatte nicht viel zu sagen. Die Veränderungen vollzogen sich oftmals sehr schnell, wenn sie erst begonnen hatten. Noch drei Tage, die er nützlich sein konnte? Er starrte in das Spiegelglas, aber er sah sein Bild nicht mehr. Er dachte nach.

Zunächst einmal war diese Wohnung nicht gut. Zwar floß noch Wasser, aber man konnte nicht wissen, wie lange noch. Er konnte den alten Dorfbrunnen öffnen und Tommy zeigen, wie man daraus Wasser schöpfte, aber für ein Kind war das wohl doch zu gefährlich. Außerdem war die Wohnung auch zu weit von jeder Lebensmittelquelle entfernt. Nein, sie mußten anderswo wohnen. An einer Stelle, die dicht bei einem Bach oder einer Quelle lag, andererseits aber auch nahe genug, daß er dort in der kurzen Zeit, die ihm noch blieb, einen ausreichenden Vorrat für ihr Überleben anlegen konnte.

Er fühlte sich viel entspannter und ruhiger als die ganze Zeit zuvor. Als er in das Schlafzimmer ging, schliefen beide Kinder fest und hatten sich bloßgestrampelt. Er deckte sie wieder zu. Tommy murmelte etwas, ohne dabei aufzuwachen.

Er blickte auf die Kinder hinunter und fragte sich, wie ihre Chancen stehen mochten. Hundert zu eins – oder tausend zu eins? Aber es war jedenfalls einen Versuch wert. Und jetzt kam es erst einmal darauf an, das Wichtigste zuerst zu tun. Er wollte gleich losgehen und Kleider für die Kinder beschaffen.

Bald nach sechs stand Neil auf. Sonnenlicht fiel in sein Fenster und verhieß einen schönen Tag. Susi saß im Bett und lächelte ihm entgegen, als er ins Schlafzimmer trat. Er weckte Tommy und sorgte dafür, daß er sich selber und seine Schwester wusch und ankleidete.

Nachdem sie zum Frühstück Corned beef und Biskuits gegessen hatten, erklärte Neil, daß er die beiden den Tag über allein lassen müsse. Der Junge sah ganz unglücklich aus, und Neil erklärte ihm, daß er nach einer besseren Wohnung für sie suchen wolle. Damit war Tommy zwar einverstanden, aber er wollte gern mit Neil gehen. Als Neil ihm erklärte, er müsse bleiben und auf seine Schwester aufpassen, sah Tommy das sofort ein, doch er fragte: »Du kommst doch wirklich wieder, Neil?«

Neil hatte gleich am frühen Morgen sein Gesicht betrachtet und antwortete zuversichtlich: »Mach dir keine Sorgen! Ich komme wieder.«

Sorgfältig hatte er überlegt, was notwendig war. Ausreichende Wasserversorgung und Nähe zu einem Lebensmittellager waren Grundbedürfnisse. Dann kam es darauf an, sich so gut wie nur irgend möglich einzurichten, wobei er nicht vergessen durfte, daß ihm nicht viel Zeit blieb, um alles zu erledigen. Das flache Land in der Nähe von Rye bot wohl die besten Aussichten, deshalb bestieg er sein Fahrrad und fuhr in diese Richtung.

Den ganzen Morgen suchte er erfolglos. Einmal machte er sich Hoffnungen, als er ein Bauernhaus mit einer Handpumpe in der Küche fand, doch bei näherer Betrachtung stellte sich heraus, daß man sie nur noch zur Zierde aufgehoben hatte. Der Pumpenschwengel bewegte sich zwar, als Neil ihn drückte, doch sonst geschah nichts. Von der Wasserleitung abgesehen, war die nächste Wasserquelle ein ungefähr hundert Meter entfernter Brunnen, der kaum noch Wasser spendete.

Das war gegen Mittag. Neil war verschwitzt, müde und hungrig. In der Speisekammer fand sich Schinken. Die Speisekammer lag nach Norden und war kühl. Der Schinken roch gut. Neil schnitt sich eine dicke Scheibe ab und aß sie gierig. Die Treppe war er nicht hinaufgegangen, aber er war ganz sicher, daß es hier keinen Überlebenden mehr gab. Viele Tiere hatte er gesehen: Schafe, streunende Hunde und Katzen, auch ein Pferd mit Sattel und Steigbügeln. Es schnaubte ihn an, ehe es davontrabte. Nirgends zeigte sich ein menschliches Wesen.

Ein Gefühl der Entmutigung wollte sich seiner bemächtigen, doch er weigerte sich, ihm nachzugeben. Er spülte den Schinken mit einer Flasche Cider hinunter, dann brach er wieder auf. Es schien der heißeste von allen bisherigen Tagen zu sein. Die Reifen seines Fahrrades quälten sich durch geschmolzenen Teer. Neil hatte das Hemd ausgezogen und um seine Hüften geschlungen, doch nach einiger Zeit beschloß er, es lieber wieder anzuziehen. Bei allem, was er noch zu tun hatte, konnte er sich keinen Sonnenbrand leisten.

Im Laufe des Nachmittags wurde er fündig, und er wollte seinem Glück kaum trauen. Es war ein holzgedecktes Farmhaus, an dem ein Bach vorbeifloß. Der Wasserlauf war nur schmal, doch die Strömung lebhaft, und das Wasser wurde von der Südwand des Hauses geschützt. Wahrscheinlich floß dieser Bach sogar noch bei strengem Frost.

Im Wohnzimmer war ein Kamin. Auf dem Hof lag gestapeltes Feuerholz – ein riesiger Haufen bis fast hinauf zur Dachrinne. Die Holzkloben waren so groß, daß ein Kind mit ihnen umgehen konnte, und Neil dachte, daß er den Stapel einreißen könne, damit Tommy leichter damit zurechtkäme. Mit genügend Streichhölzern und einem Vorrat an Anzündern konnte es den Kindern gelingen, sich warmzuhalten. Freilich mußte er sie erst noch zur Vorsicht ermahnen. Das Feuer bedeutete zwar ein gewisses Risiko, doch das war immer noch besser als Winterkälte.

Das Haus lag kaum eine Meile von Rye entfernt. Aus dem Fenster sah man rote Dächer und den Kirchturm mit seinem blinkenden Wetterhahn. Morgen konnte er die Kinder herbringen und dann darangehen, die Vorräte herbeizuschaffen. Um aber kostbare Zeit zu sparen, konnte er mit den Vorbereitungen auch gleich beginnen.

In Rye war der Gestank schlimmer als je zuvor, und Neil mußte sich durch eine Luft vorankämpfen, die ihm fast die Beine zu lähmen schien. Die Hitze machte alles noch schlimmer, doch Neil tröstete sich mit dem Gedanken, daß sie zugleich auch den unvermeidlichen Prozeß der Verwesung beschleunigte. Lange konnte es nicht mehr dauern, dann würden nur noch bleiche Knochen in der Welt zu finden sein, zu deren Erkundung Tommy und Susi aufbrechen würden.

Die Stadt wirkte verlassen. Neil dachte an die Kinder. Wenn Tommy und Susi überlebt hatten, dann mußte es in einer so großen Stadt wie Rye auch noch andere Kinder geben. Aber diejenigen, die schon groß genug dazu waren, mußten wohl aus der Stadt geflohen sein, und die anderen hatten sicherlich nicht überlebt. Zwei- oder dreimal blieb er stehen und lauschte, ob irgendwo ein Weinen hörbar wurde; dann ging er mit schuldbewußter Erleichterung weiter, wenn er nichts hörte. Er hatte bereits eine Aufgabe; und Tommy hatte ganz gewiß mehr als genug damit zu tun, sich um seine Schwester zu kümmern.

In einer Metallwarenhandlung fand er eine Schubkarre mit Gummireifen. Damit ging er in die Filiale einer Lebensmittelkette und brach den Lagerraum auf. Die Regale waren alle voll. Anfangs füllte er die Schubkarre allzu sehr. Er mußte einen Teil wieder abladen, um sie noch handhaben zu können. Es war ein Vorteil, daß Rye – genau wie Winchelsea – auf einem Hügel lag. Dadurch wurde die Fahrt mit der Schubkarre zu dem Bauernhaus weniger beschwerlich.

Er unternahm vier Fahrten, ehe er es für diesen Tag gut sein ließ. Die Grundlage für einen Vorrat war gelegt, und selbst wenn er am nächsten Morgen zu schwach sein würde, um viel zu leisten, konnte er Tommy doch noch zeigen, woher er Nachschub holen konnte. Neil war müde, aber zufrieden.

Er stieg die Treppe im Bauernhaus hinauf und schaute nach, was es dort oben gab. Drei Leichen insgesamt. Zwei in einem Zimmer, eine dritte in einem anderen. Er mußte all seinen Mut zusammenraffen, um die eine Leiche vom Bett und dann auf dem Laken über den Flur in den Raum zu den anderen zu ziehen. Selbst wenn er es hätte ertragen können, blieb ihm doch nicht mehr die Zeit, sie zu beerdigen. In der Schlafzimmertür steckte ein Schlüssel. Er drehte ihn hinter sich um und ging die Treppe hinab. Ehe er auf sein Fahrrad stieg, warf er den Schlüssel weit fort in ein Gebüsch.

Als er das Rad das letzte Stück des Hügels hinaufschob, fürchtete Neil für einen Augenblick, die beiden Kinder nicht mehr vorzufinden. Vielleicht waren sie während seiner Abwesenheit davongelaufen. Doch als er rief, trat Susi in die Halle und kam mit ihrem tapsigen Kleinkindergang auf ihn zu. Er nahm sie auf den Arm, trug sie ins Wohnzimmer und rief Tommy, der aus dem Garten antwortete.

Seine Stimme klang seltsam, und Neil fragte sich, ob der Kleine sich vielleicht mitten im Sommer erkältet haben mochte. Ein paar einfache Medikamente mußte er den Vorräten im Bauernhaus unbedingt hinzufügen, und er mußte Tommy zeigen, wie sie einzunehmen wären. Tommy kam ins Haus. Er ging langsam, als wäre er sehr müde, doch Neil dachte daran, daß ein langer Tag vergangen war und das Spielen den Jungen angestrengt haben mochte. Trotz ihrer Proteste stellte Neil Susi auf den Boden zurück, um Tommy zu begrüßen.

Einen Meter vor ihm blieb er stehen und bemühte sich, seinen Unglauben und sein Entsetzen zu verbergen. Ein kleiner alter Mann schaute ihn aus einem Kindergesicht an.

Neil empfand einen Abscheu, der nicht leicht zu überwinden war, doch er brachte es über sich, den gealterten Jungen in die Arme zu nehmen und ihm seinen Gute-Nacht-Kuß zu geben. Tommy hatte keine Ahnung, was ihm geschah, und Neil dachte, daß er es in der Zeit, die ihm noch blieb, vielleicht gar nicht erfahren mußte. Er erfand eine Ausrede, warum er die Kinder in getrennten Zimmern unterbrachte. Susi konnte sonst in ihrem kindlichen Geplapper etwas verraten. Dann ging Neil durch das Haus und versteckte alle Spiegel. Die Spiegel über den Frisierkommoden nahm er aus den Rahmen, und er verschloß das Zimmer, in dem der Kleiderschrank mit dem großen Spiegel stand.

Diese Vorsichtsmaßnahmen waren überflüssig. Am Morgen sagte Tommy, er sei müde, und es war nicht schwierig, ihn zu überreden, im Bett zu bleiben. Susi hingegen war voller Tatkraft, und Neil nahm sie mit in die Küche, um ihr das Frühstück zu geben. Er selbst hatte keinen Appetit, saß nur da und sah ihr zu, und er gab sich große Mühe, sich ganz normal zu benehmen, während sie unaufhörlich plapperte.

»Wo Tommy?« fragte sie einmal.

Neil antwortete: »Tommy fühlt sich nicht gut. Er bleibt heute morgen im Bett.«

Sie nickte, fand das ganz natürlich und griff nach einem weiteren Keks. Ihr Gesicht strahlte vor Gesundheit, und ihr blondes Haar war dick und wirr, obgleich Neil es erst vor weniger als einer halben Stunde gekämmt hatte. Zwar hatte er sich mit dem Schicksal Tommys abgefunden, aber er konnte nicht glauben, daß es ihr ebenso ergehen könne. Doch wenn sie nicht erkrankte, was bedeutete das schon für einen Unterschied? Tommy hätte vielleicht eine Überlebenschance in einer menschenleeren Welt gehabt. Für Susi gab es keine. Wenn ihr der Beschützer genommen würde, müßte sie in wenigen Tagen zu Grunde gehen.

Fast war er erleichtert, als sie im Laufe des Nachmittags über Müdigkeit klagte. Bald darauf sah er, daß ihr rosiges Gesicht die Frische verlor, trocknete und von Falten durchzogen wurde. Er brachte sie früh zu Bett, und sie wehrte sich nicht dagegen. Im anderen Schlafzimmer fand er Tommy wach, aber sehr schwach vor. Der Kleine bat flüsternd um einen Schluck Wasser. Neil brachte ihm ein Glas und führte es ihm an die Lippen. Die Arme des Jungen waren zu schwach, um das Glas zu halten.

Wieder flüsterte Tommy: »Du gehst doch nicht fort, Neil?«

Er schüttelte den Kopf. »Ich gehe nicht fort.«

In dieser Nacht schlief Neil auf einer Matratze, die er auf den Flur zwischen den beiden geöffneten Schlafzimmertüren schleppte. Den größten Teil der Nacht blieb er wach und schaute mehrmals nach den beiden Kindern. Beim zweiten Mal lag Tommy ganz still. Neil berührte sein Gesicht und merkte, daß es kalt war.

Susi schlief fast den ganzen Tag und starb friedlich gegen Abend. Einen Teil des Nachmittags hatte Neil damit verbracht, im Garten neben dem Grab seiner Großeltern eine Grube auszuheben. Diesmal war es eine viel leichtere Aufgabe, weil die Grube kleiner sein durfte.

Als die Dämmerung angebrochen war, bedeutete es auch keine große Mühe, die in Bettlaken gehüllten kleinen Körper hinauszutragen und nebeneinander in das Grab zu legen. Neil fühlte sich sehr müde, als er mit dem Spaten Erde auf sie schaufelte. Dabei dachte er, daß es ihm bald sehr ähnlich ergehen würde, und bei diesem Gedanken verspürte er eine seltsame Zufriedenheit. Er ging ins Haus, wusch sich, aß ein wenig und legte sich auf sein Bett. Das Haus war leer, aber leer waren auch die Stadt und die Welt. Es mochte wohl sein, daß er der letzte lebende Mensch auf der Erde war. Ehe er einschlief, war er froh, daß dieser Zustand nicht lange währen würde.

Danach lebte er eine Woche lang wie ein Automat: er aß, trank, schlief, versuchte, nicht zu denken, und das gelang ihm meistens. Er gab sich keine Mühe, sich selber zu betrachten, und da er die Spiegel fortgeräumt hatte, sah er sich auch nicht zufällig seinem Spiegelbild gegenüber. Er hatte das ungewisse Gefühl, daß es zu lange dauere, aber alle seine Gedanken waren undeutlich und verschwommen, und er hielt sich nicht lange mit ihnen auf.

Das Wetter war endlich umgeschlagen. Die Tage waren dunkel und stürmisch. Wind und Regen durchheulten und peitschten die Straßen draußen. Manchmal war der Wind sehr heftig, und einmal hörte Neil irgendwo an der Rückseite des Hauses eine Fensterscheibe zerbrechen. Er schaute nicht nach. Es war nicht wichtig. Nichts war wichtig.

Eines Morgens aber brach die Sonne wieder durch, und Neil erkannte seinen Schattenriß an der weißen Kühlschranktür. Er betastete sein Gesicht mit den Händen. Die Wangen fühlten sich voll und glatt an. Vierzehn Tage waren vergangen, seitdem er das Fieber gehabt hatte.

Es dauerte noch einige Tage, bevor er ganz sicher war, daß er dem Schicksal entgangen zu sein schien, das alle anderen ereilt hatte. Danach ging er zum erstenmal seit dem Tode der Kinder aus dem Hause. Mit einem ganz neuen Gefühl der Niedergeschlagenheit dachte er daran, was der Großvater über sein Testament gesagt hatte und über die Erbschaft, die ihm zufallen würde. Eine gute Ausbildung, ein anständiger Beruf... Er hatte ein weit größeres Erbe angetreten: einen ausgestorbenen Planeten.

Seine Schritte trugen ihn zur Kirche, ohne daß er es eigentlich wollte. Er stand darin, betrachtete die alten Mauern, die steinernen Gestalten in ihren Nischen. Wie nannte man doch einen Dankgottesdienst – ein Te Deum? Diese Wände mußten im Laufe der Jahrhunderte unzählige davon gehört haben.

Neil blieb lange dort, ehe er aus der Stille der Kirche in das Schweigen der Welt hinaustrat.

5

Die Ratten vertrieben Neil aus Winchelsea.

Er wußte nicht, wieviel Zeit seit dem Tode der Kinder vergangen war. Zeit bedeutete nichts. Ein Tag folgte dem anderen in einem Kreislauf von Sonnenaufgang und Sonnenuntergang, von Licht und Dunkelheit, von Regen und Sonnenschein.

Er blieb weiter im Hause seiner Großeltern, gewöhnte sich jedoch an, die anderen Häuser des Ortes zu besuchen. Vor allem die, in denen Familienfotos zu sehen waren, weil sie halfen, die Leere zu bevölkern. Eines Tages überraschte er sich selbst dabei, daß er mit dem Bild einer mütterlich wirkenden Frau sprach, als wäre es ein wirklicher Mensch. Er schwieg erschrocken, als er es merkte, und ging nicht mehr in dieses Haus.

Die Tiere verwilderten. Er sah die Katze, die ihm einmal aus dem Laden gefolgt war. Sie war hagerer geworden, beobachtete ihn mißtrauisch von der Mauer herunter und sprang auf die andere Seite, als er sie anrief. Die Hunde hatten sich zumeist zu Rudeln zusammengetan. Sie machten einen weiten Bogen um Neil, was ihm durchaus nicht unangenehm war, denn sie sahen furchterregend aus. Ein Kampf zwischen zwei Meuten hielt ihn eines Nachts wach, und am nächsten Morgen war die Straße voller Fellbüschel und Blutflecken.

Ein Hund, ein Labrador-Mischling, kam näher zu Neil heran und schien halb und halb geneigt zu sein, sich von ihm adoptieren zu lassen. Neil gab dem Hund Fressen und Wasser, doch er blieb nicht, und einige Tage darauf lief er in einer der Meuten mit. Wahrscheinlich, so dachte Neil, hatte er den Hund nur sehr halbherzig ermutigt. Der Hund hatte ihm gefallen, und er hätte ihn gern behalten, aber andererseits hatte der Labrador auch nichts zu bieten, wonach Neil sich sehnte. In dieser Hinsicht waren die leeren Zimmer mit den Familienfotos besser.

Fliegen wurden zur Plage. Sobald es nur ein wenig warm wurde, schwärmten sie summend durch die Luft und waren unglaublich kühn in ihren Angriffen auf alles, was sich bewegte. Neil wußte, wodurch diese Bevölkerungsexplosion herbeigeführt worden war, doch er verdrängte diesen Gedanken, so gut es ihm gelingen wollte. In einem der Geschäfte fand er einen Vorrat an Fliegensprays. Mit ihrer Hilfe gelang es ihm, die Räume, die er bewohnte, fast fliegenfrei zu halten. Aber draußen war das anders. Eines Tages kam eine Kuh in den Ort, das Gesicht schwarz von Fliegen, ganz besonders die Augen. Sie galoppierte förmlich davon, als Neil sich ihr näherte. Ihr Euter schlenkerte schlaff, ein Beweis, daß sie keine Milch mehr hatte.

Die Ratten folgten den Fliegen, und sie waren schlimmer. Anfangs sah er sie nur flüchtig – einen braunen Körper, der durch eine Gosse huschte oder mit der seltsam bucklig-schaukelnden Bewegung eine Straße überquerte. Aber die Ratten vermehrten sich schnell und wurden mutiger. Er verstand auch den Grund ihrer schnellen Vermehrung, und diesmal konnte er den Gedanken nicht so leicht verdrängen.

Das allein hätte ihn freilich nicht dazu bringen können, das Haus zu verlassen: das Gefühl des Ekels wurde übertroffen von dem der Bewegungslosigkeit, vom Widerstreben, mehr als das unerläßlich Nötige zu tun. Aber die Ratten vermehrten sich unablässig, traten bald in Rudeln auf wie die Hunde, und dies sogar am hellen Tage, ohne sich um irgendwelche anderen Lebewesen zu kümmern. Zumindest kümmerten sie sich anfangs um nichts. Eines Tages sah Neil einen kleinen hinkenden Mischlingshund hinter der Meute zurückbleiben, die eben über die Hauptstraße gelaufen war. Die Ratten schienen aus dem Nichts aufzutauchen, ein dunkelbrauner Strom, der aus Hunderten von hungrigen Körpern bestand, und schon lag der Hund am Boden und winselte vor Schmerz. Neil war vielleicht fünfzig Meter von diesem Geschehen entfernt. Er konnte nichts tun, und er ging zum Haus zurück. Das Heulen und Winseln des Hundes währte nicht lange.

Darüber dachte er im Wohnzimmer vor dem leeren Bildschirm des Fernsehgerätes nach. Vor einigen Tagen war sein Vorrat an Biskuits zur Neige gegangen, und als er zum Geschäft gegangen war, hatte er auf den Regalen, auf denen die Packungen in langen Reihen gestanden hatten, nur noch zernagtes Papier vorgefunden. Auch den Ratten wurde die Nahrung knapp. Kannibalismus würde endlich wieder eine Art Gleichgewicht herstellen, aber bis zu diesem Zeitpunkt mußten die Nagetiere zu einer ständig wachsenden Bedrohung werden. Ehe sie übereinander herfielen, würden sie mehr zu Boden reißen und töten als einen schmächtigen Köter.

Früh am nächsten Morgen brach er auf und nahm nur Wäsche zum Wechseln in einem Rucksack mit. Er radelte auf Rye zu, fuhr aber nicht in die Stadt hinein. Mit den Ratten war es dort wahrscheinlich noch schlimmer als in Winchelsea. Statt dessen fuhr er zu dem Bauernhaus, das er als Zuflucht für Tommy und Susi ausgesucht hatte.

Es war ein Tag, an dem Bewölkung und Sonnenschein wechselten.

Nach dem Regen war es warm. Neil lehnte sein Rad an die Hauswand und trat in die Küche. Alles war unverändert. Die Vorräte lagen in den Schränken, wie er sie aufgestapelt hatte. Es war genügend da für eine lange Zeit – mindestens für einen Monat. Als er die Vorräte betrachtete, erinnerte er sich lebhaft an seine Gefühle an jenem Nachmittag: den Stolz, etwas geleistet zu haben, die Hoffnung auf eine Zukunft, für die zu planen sich lohnte, auch wenn er selber sie nicht teilen würde.

Er dachte an Tommy und Susi und fing an zu weinen, immer verzweifelter und hilfloser. Zum erstenmal, seit dem Autounfall, weinte er.

In den nun folgenden Wochen kehrte er allmählich zum bewußten Leben zurück. Es war ein langer Prozeß, der immer wieder von Rückfällen des Bedrücktseins und der Teilnahmslosigkeit unterbrochen wurde. Einmal blieb er zwei Tage im Bett und stand nur auf, wenn er ein paar Bissen essen wollte oder ins Bad mußte. Aber mit der Zeit vollzog sich eine Veränderung. Er spürte, daß seine Gedanken sich aus dem Nebel lösten, der sie so lange umfangen hatte.

Eines Tages, während einer neuen Hitzewelle, brach in Rye ein Feuer aus. Tagsüber lag eine schwarze Rauchwolke über der Stadt, bei Nacht röteten Flammen den Himmel. Es war unvermeidlich, daß Sonnenstrahlen, die durch zerbrochenes Glas fielen, kleine Feuer auslösten, wenn kein Mensch da war, das zu verhindern. In einem Ort wie Rye, in dem überwiegend Holzhäuser dicht beieinander standen, mußten die Flammen dann reichlich Nahrung finden. Erstaunlich war nur, daß es nicht schon früher geschehen war. Der Anblick war interessant – mehr nicht. Man konnte dabei nicht einmal an eine brennende Stadt denken: eine Stadt mußte Einwohner haben.

Während er die brennende Stadt betrachtete, merkte er überrascht, daß er über das menschliche Leben und seinen Sinn nachdachte – falls es überhaupt einen Sinn hatte. Er dachte auch an Gott, zunächst mit einem großen Zorn wie an einen, der alles, was jetzt geschah, wenn nicht verursacht, so doch zumindest zugelassen hatte.

Dann dachte er über sein eigenes Überleben nach. Warum war er für ein Leben in einer leeren Welt aufgespart worden? Er durchforschte sich selbst, um irgend etwas zu finden, womit er einen so entsetzlichen Vorzug verdient haben mochte, aber er konnte nichts entdecken.

Aber wenn es nun gar kein Vorzug war, sondern eine Strafe? Vielleicht war er wegen seiner Schlechtigkeit ausgesondert worden? Vielleicht war das alles – und der Gedanke traf ihn so heftig, daß ihn schwindelte – überhaupt nicht geschehen? Er war mit den anderen bei dem Autounfall getötet worden, und dies alles war nur ein Alptraum, eine Art Fegefeuer . . .

Diese Vorstellung quälte ihn einige Zeit, bis sie von anderen Überlegungen abgelöst wurde. Er verspürte Hunger und erinnerte sich, daß er bei der Betrachtung des Feuers sein Abendessen vergessen hatte. Appetit, die Tatsache, daß er einen Körper hatte, der sein Recht forderte, das waren Beweise dafür, wie absurd seine Einbildung gewesen war. Er ging in die Küche und holte eine Büchse Fleisch.

Die meiste Zeit verbrachte er damit, dafür zu sorgen, daß das Feuer im Wohnzimmer weiterbrannte. Er hatte einen Dreifuß gefunden und sich daraus eine Kochgelegenheit gebaut. Während er vor dem Topf saß, in dem das Fleisch heiß wurde, schienen alle Überlegungen, die ihn bisher beschäftigt hatten, an Bedeutung zu verlieren. Ehe all dieses schreckliche Geschehen begonnen hatte, war Neil sicher gewesen, ein Atheist zu sein. Was freilich seither geschehen war, so entsetzlich es auch sein mochte, bot auch keinen Grund, einen strafenden oder belohnenden Gott zu erfinden.

Es war eben geschehen, das war alles. Er war allein auf der Welt und mußte sehen, was sich aus dieser Lage machen ließ.

Aber seine Gedanken waren jetzt hellwach. Neugier einer alltäglicheren Art begann zu locken. Die Welt war leer, sie war sein, er konnte damit tun, was er wollte. Das bisherige Bedürfnis, sich zu verbergen, sich an einem kleinen bißchen Sicherheit festzuklammern, wich dem genauen Gegenteil. Dort draußen lag ein Planet, den es zu erforschen galt.

Sobald er entschlossen war, hatte er es eilig mit dem Aufbruch. London und die Möglichkeiten, die sich dort boten, stachelten seine Phantasie an. Ein Problem war nur, wie er dorthin gelangen sollte. Wie weit war es? Siebzig Meilen? Die Vorstellung, diesen ganzen Weg zu Fuß oder mit dem Rad zurückzulegen, behagte ihm nicht. Auch wenn er ein Pferd einfangen konnte, zweifelte er doch daran, daß er es wirklich zu reiten vermochte. Ein Auto hingegen ... Sein Alter oder der fehlende Führerschein waren keine Hindernisse mehr. Und die Landstraßen gehörten nicht mehr der Königin, sondern ihm allein.

In der Garage neben dem Bauernhaus standen zwei Autos – ein neuer Rover Automatik und ein recht zerschundener Kleinwagen. Zu beiden fand Neil die Zündschlüssel an einem Nagel in der Halle und erprobte sie. Er bevorzugte den Rover. Nicht deswegen, weil er neuer und besser aussah, sondern weil er annahm, daß ein Automatik leichter zu fahren sein würde. Zum Glück fand er die Bedienungsanleitung im Handschuhfach. Er las sie genau, stellte den Sitz richtig ein und versuchte, den Wagen aus der Garage zu fahren. Der Anlasser brummte, aber sonst geschah nichts. Er versuchte es noch mehrmals, ehe ihm einfiel, nach der Benzinuhr zu schauen. Der Zeiger stand auf »leer«. Das wenige Benzin, das noch im Tank gewesen sein mochte, war offenbar verdunstet.

Der Zeiger des Kleinwagens zeigte hingegen einen halbvollen Tank an. Hier lag nirgends eine Anweisung, doch Neil versuchte, sich möglichst genau an alles zu erinnern, was er gesehen hatte, wenn er mit seinem Vater gefahren war. Der Motor sprang an, das Dröhnen hallte von den Garagenwänden wider. Neil legte den ersten Gang ein und nahm langsam den Fuß von der Kupplung. Der Wagen sprang ein kleines Stück vorwärts, dann schwieg der Motor wieder.

Dieser Vorgang des Startens, Vorwärtsruckens und wieder Haltens wiederholte sich noch einige Male, und endlich war der Wagen halb aus der Garage. Dann weigerte er sich, überhaupt noch anzuspringen. Immer wieder drehte Neil den Schlüssel und wollte schon aussteigen und dem widerspenstigen Wagen einen Tritt versetzen, als er merkte, daß der Starterknopf noch gezogen war. Vermutlich waren jetzt die Zündkerzen naß geworden. Er erinnerte sich daran, daß man dann nichts weiter tun konnte als zu warten, bis sie wieder trocken waren.

Eine Viertelstunde später versuchte er es noch einmal, und es gelang ihm, den Gang einzulegen und mit dem Auto langsam über den Hof zu kriechen. Zum Glück war der Hof sehr groß und bot genug Raum zum Üben. Neil fuhr im Kreis, fand sich schnell mit der Lenkung zurecht und spürte eine wachsende Befriedigung, mit der es jedoch vorbei war, sobald er versuchte, den zweiten Gang einzulegen. Der Motor verstummte, und das tat er jedesmal, wenn Neil den ganzen Versuch von vorn wiederholte.

Er hatte es eilig, endlich davonzukommen, und er erinnerte sich daran, daß er selbst im ersten Gang immer noch schneller vorankommen konnte als zu Fuß oder auf dem Fahrrad. Und bequemer war es obendrein. Er trug die wenigen Dinge zusammen, die er mitnehmen wollte, warf sie auf den Rücksitz und fuhr die holprige Strecke bis zur Hauptstraße entlang. Noch immer hing Rauch über Rye, wenn auch schon weniger dicht. Das Feuer war ziemlich ausgebrannt. Außerdem fuhr Neil nicht in diese Richtung.

Er fuhr nicht durch die Stadt, sondern wählte lieber die Nebenstrecke über Winchelsea. Am Fuße des Hügels an der Dorfausfahrt fühlte er sich sicher genug, um es noch einmal mit dem zweiten Gang zu versuchen, und mit einiger Mühe gelang es ihm tatsächlich, ihn einzulegen. Er war sehr mit sich zufrieden, bis er bei der Abfahrt nach Icklesham versuchte, wieder herunterzuschalten, und zu einem unrühmlichen Halt kam.

Wieder ließ er den Motor an und kroch im ersten Gang weiter. Die Vororte von Hastings empfingen ihn mit säuberlichen Hausreihen. Neil hatte das Gefühl, daß hinter all diesen Türen und Fenstern doch irgend jemand leben müsse, daß das Geräusch seines Autos jeden Augenblick jemand auf die Straße locken müsse, irgendeinen Menschen, der ihm vom Straßenrand her zuwinken würde. Aber nichts regte sich, und als er um eine Kurve kam, sah er vor sich eine Unfallstelle. Ein schwerer Lastwagen hatte eine kleine Limousine überrollt. In den beiden rostigen Wracks saßen Skelette und vertrieben alle Illusionen. Die Unfallstelle nahm fast die ganze Straßenbreite ein. Es war kaum noch genug Platz, um mit dem Mini vorbeizukommen.

Neil fuhr nicht nach Hastings hinein, sondern wählte den Weg nach Norden. Am Spätnachmittag war er aufgebrochen, und als er Robertsbridge erreichte, war die Sonne schon hinter den Häusern verschwunden. Neil bemerkte, daß die Anzeigernadel jetzt nur noch eine Viertel Tankfüllung zeigte. Er fragte sich, wieviel Benzin das noch bedeutete. Auf der Straßenkarte, die er aus dem Rover genommen hatte, stellte er fest, daß Lamberhurst die nächste Stadt war. Sie lag noch ein gutes Stück weiter im Norden. Der Gedanke, etwa mitten in der Nacht mit leerem Tank auf der Landstraße liegenzubleiben, behagte ihm gar nicht.

Als er die Anzeigetafel einer Selbstbedienungs-Tankstelle sah, hielt er an und versuchte, die Pumpe in Gang zu setzen. Es gelang nicht, und er begriff, daß es dumm gewesen war, nicht daran zu denken, daß der Mechanismus wahrscheinlich elektrisch betrieben wurde. Die einzige Lösung war wohl, den Mini gegen einen anderen Wagen mit einem volleren Tank einzutauschen. Auf dem Hof der Tankstelle standen mehrere Autos, aber in keinem steckte der Zündschlüssel. Er fuhr weiter und hielt neben einem Gasthaus an. Sicher war es besser, die Nacht dort zu verbringen und am nächsten Morgen nach einem Wagen zu suchen.

Er hatte etwas zu essen mitgebracht, aber er brauchte es gar nicht. In der Küche des Gasthauses stand ein Gefrierschrank. Er hütete sich, ihn zu öffnen. Aber auf den Regalen standen reichlich Konservendosen, und in der Bar fand er zwei Blechbehälter mit Kartoffelchips-Packungen. Auch Nüsse und Käsegebäck waren reichlich vorhanden. Die Nacht verbrachte er auf einem riesigen Sofa aus Kunstleder in der Halle. Ratten hatte er nicht gesehen. Vielleicht war diese Bedrohung inzwischen vorüber. Aber er verbarrikadierte Türen und Fenster, ehe er sich zum Schlafen niederlegte und mit einem Vorhang zudeckte.

Am nächsten Morgen badete Neil im Gäste-Badezimmer, einem großen, weißgekachelten Raum mit farbig verglasten Fenstern und einer riesigen altertümlichen Badewanne aus viktorianischer Zeit, die auf hohen Beinen stand und zu der man einige Stufen hinaufsteigen mußte. Obgleich der Morgen recht warm war, zitterte Neil ein wenig, als er sich wusch. Im Bauernhaus hatte er die Kälte immer mit einem Kessel kochenden Wassers vertrieben.

Später durchstreifte er die Stadt auf der Suche nach einem anderen Wagen. Bei den meisten, die er untersuchte, fehlte der Zündschlüssel, und wenn er einen fand, waren die Tanks entweder leer oder sie enthielten nur noch so wenig Benzin, daß es zu gewagt erschien, damit loszufahren. Einige Autos hatten sowohl Zündschlüssel als auch Benzin, sprangen jedoch nicht an. Zwei standen ungeschützt im Freien, und Neil stellte fest, daß ihre Batterien in der Sommerhitze ausgetrocknet waren. Danach konzentrierte er sich ganz auf Autos in Garagen, die vor der Sonne geschützt gewesen waren.

Als sich das Glück ihm dann wieder zuwandte, tat es dies gleich gründlich: ein Jaguar XJ Automatic, der so aussah, als wäre er gerade erst aus dem Schaufenster gerollt, und dessen Tacho tatsächlich erst 2000 gefahrene Kilometer auswies. Ganz benommen von soviel Glanz stieg Neil ein, stellte fest, daß der Schlüssel steckte und daß der Tank fast voll war.

Fast fürchtete er sich davor, diesen Wagen zu fahren. Vor dem ersten Versuch studierte er sorgsam alle Armaturen. Trotzdem überraschte ihn die Kraft, mit der sich der Jaguar in Bewegung setzte, und als er aus der Garage fuhr, beulte er einen Kotflügel ein. Er war sich selber böse. Niemand war da, der ihn kritisieren, der ihm einen Vorwurf machen konnte, aber Neil fand es schlimm, ein so herrliches Auto zu beschädigen. Sobald er jedoch auf der Straße war, verging sein Ärger rasch vor der Freude des Fahrens. Nach dem bisherigen Kleinauto war es verblüffend, wie sanft der Jaguar dahinglitt; und als Neil erst die freie Landstraße erreicht hatte, kam der rauschhafte Genuß der hohen Geschwindigkeit hinzu. Ein Regenschauer setzte ein, und Neil probierte die Knöpfe durch, um die Scheibenwischer zu finden. Nach dem ersten Knopfdruck ertönte Musik von einem Kassettenrekorder. Sie entsprach nicht genau seinem Geschmack – es war eine klassische Symphonie – doch nachdem er so lange nur die Geräusche der Natur gehört hatte, kam ihm die Musik wie Zauber vor.

Er fuhr den ganzen Morgen und war schon in den Randgebieten von London, als er anhielt. Ein Einkaufszentrum war in einem Sonntagmorgen erstarrt, der niemals mehr enden sollte. An der Hausfront verblaßten große Tafeln: Schnellreinigung in vier Stunden – Sonderangebot der Woche – Heute frischer Bratfisch . . .

Die gehörten zu einem Fischgeschäft mit Fischbratküche, und aus purer Neugier ging Neil hinein. Irgend jemand hatte hier die üblichen Vorbereitungen für das Braten getroffen, ehe er sich zum Sterben verkrochen hatte.

In den Bratpfannen war Öl, auf einem Tablett häufte sich ein pulvriger Brei, der noch immer fischig roch, in einem Eimer erkannte man die zerfallenen Überreste geschnittener Kartoffeln, Neil forschte weiter. In einem Hinterzimmer stieß er auf Säcke voller Kartoffeln, die ein wenig weich und schrumplig waren, offensichtlich jedoch noch eßbar. Mit den Kochern in der Bratküche wußte Neil nicht umzugehen, aber sicherlich ließ sich irgendwo ein Herd finden, in dem man ein Holzfeuer anzünden konnte. Er stopfte Kartoffeln in seine Anoraktaschen und füllte eine leere Milchflasche mit Öl. Nachdem er jedoch daran gerochen hatte, schüttete er es wieder aus. Es war ranzig, und es konnte nicht schwerfallen, besseres Öl zu finden. Schließlich lebte er in einem Lande des Überflusses.

Im Hinterzimmer eines nahegelegenen Geschäftes entzündete er ein

Feuer. Dort fand er auch eine Bratpfanne und eine noch verschlossene Büchse Öl, sogar eine Büchse Würstchen, die er mit den Kartoffeln briet. Das Ergebnis war ziemlich fettig und nicht besonders ansehnlich, aber es füllte ihm den Magen.

Als er wieder hinausging, schaute er zur anderen Straßenseite hinüber, wo er den Jaguar nicht gerade besonders sorgsam geparkt hatte. Während Neil seine Mahlzeit vorbereitet hatte, war ein Regenschauer niedergegangen. Die Windschutzscheibe war naß. Die Tropfen glitzerten im Sonnenlicht, das nun wieder durchgebrochen war. Das Innere des Wagens konnte Neil nur undeutlich erkennen, und doch hatte er die verrückte Vorstellung, daß dort drüben jemand hinter dem Lenkrad säße.

Die Vorstellung würde sicherlich vergehen, wenn er hinüberginge, dachte Neil ... doch sie verging nicht. Eine zusammengekauerte, bewegungslose Gestalt ... Neil fühlte, daß seine Kopfhaut prickelte. Für einen Augenblick dachte er, der frühere Besitzer des Wagens müsse wohl aus dem Reich der Toten zurückgekehrt sein, um ihm wegen der Beule im Kotflügel Vorwürfe zu machen. Er zögerte, dann ging er weiter.

Die Gestalt war wirklich da. Das Fenster, das Neil verschlossen gelassen hatte, war jetzt heruntergedreht. Als er bis auf wenige Meter an den Wagen heran war, sagte eine Stimme: »Einen hübschen Schlitten hast du da!«

6

Der Klang einer menschlichen Stimme war noch befremdlicher und erschreckender, als es die Musik aus dem Kassettenrekorder gewesen war. Es war wie eine Antwort auf diesen Gedanken, als die Gestalt sich jetzt vorwärts neigte und die Musik einschaltete. Der Fremde lauschte ein Weilchen, schaltete dann wieder aus.

»Langweiliger Kram«, sagte er. »Aber bei einem Jaguar kann man das nicht anders erwarten. Entweder Beethoven oder Frank Sinatra. Aber letzte Woche habe ich eine Menge wirklich gutes Zeug gefunden – Oscar Peterson, Mugsy Spanier, Art Tatum. Aber das war ja auch in einem Aston-Martin.«

Neil starrte ihn an, versuchte zu begreifen, sagte dann zögernd: »Ich dachte . . .«

»Du wärst allein übriggeblieben?« Der andere blickte grinsend auf. »Das habe ich zuerst auch geglaubt. Viele sind es ja auch nicht. Ich bin ziemlich herumgekommen und weiß Bescheid.«

Er war ungefähr in Neils Alter, vielleicht ein oder anderthalb Jahre älter. Er war zwar kleiner, sah aber älter aus. Schmal war er und blaß, das schwarze Haar trug er glatt zurückgekämmt, und auf der Nase hatte er eine goldene Brille, die, wie Neil überrascht bemerkte, ohne Gläser war. Die Kleider, die er trug, sahen sehr teuer aus. Hellblaue Hosen, ein offenes Polohemd aus Seide, um den Hals eine goldene Kette. Er fuhr fort: »Ich habe den Rauch von einem Feuer gesehen, dann die kleine Kutsche, die hier stand und habe gewartet. Die war noch nicht hier, als ich zuletzt hier vorbeikam. Da habe ich mir gedacht, ich sollte ein bißchen hierbleiben, nicht wahr?«

Er öffnete den Wagenschlag und stieg aus. Um einige Zentimeter war er kleiner als Neil, und er sah schwächlich aus. Als er die Hand ausstreckte, sah Neil, daß an jedem Finger mindestens ein Ring steckte, an manchen auch bis zu drei. Diamanten funkelten im Sonnenlicht.

»Clive d'Arcy«, sagte er. »Das heißt, eigentlich Graf Clive d'Arcy. Mein alter Herr war der Herzog von Blenheim, aber du kannst mich ruhig Clive nennen.«

Die Hand unter den Ringen war warm. So war es, erinnerte sich Neil, wenn man menschliches Fleisch berührte. Er sagte: »Ich bin Neil. Neil Miller.«

Clive legte ihm freundschaftlich die Hand auf den Arm, »Großartig, Neil! Komm, ich zeige dir meinen Wagen. Er steht gleich hier um die Ecke.«

Unterwegs redete Clive von einem Schloß, über Familienbesitz, über Pferde. Die hatte er freilassen müssen. Preisgekrönte Zuchthengste, alles Araber ... aber was konnte man damit anfangen, wenn man keine Stallburschen mehr hatte? Neil hörte schweigend und benommen zu. Was ihm so unvorstellbar erschien, bedeutete dem Jungen an seiner Seite offenbar nichts oder nur sehr wenig. Aber er hatte ja gesagt, daß es noch andere gäbe; für ihn war es nicht die erste Begegnung mit einem lebenden Menschen. Gerade wollte Neil danach fragen, als Clive stehenblieb und seinen Arm packte.

»Da drüben! Was hältst du davon?«

Zuerst sah Neil nur einen langen, eleganten Wohnwagen mit geschlossenen Vorhängen an den Fenstern. Der Wohnwagen war weiß bis auf den silbern glänzenden Chrom. Und der ebenso blitzblanke Wagen davor – er war schwarz – das war ganz offensichtlich ein Rolls Royce.

Clive zog einen Schlüsselring aus der Tasche und öffnete die Tür des Wohnwagens. Er trat ein und winkte Neil, er solle ihm folgen.

»Komm an Bord! Ruhe deine müden Füße aus! Möchtest du eine Tasse Tee? Orange Pekoe, Lapsang-Souchong oder lieber Tetley-Teebeutel? Oder vielleicht Kaffee? Gerade gestern habe ich meine Vorräte erneuert.«

Sie standen in einer kleinen Küche mit einem Propangasherd, einem

ebenfalls aus der Gasflasche versorgten Kühlschrank und einem Spül-
becken aus rostfreiem Stahl. Clive öffnete einen Schrank und nahm ein
Glas mit gemahlenem Kaffee heraus.

»Oder lieber von frischen Bohnen?« Er deutete auf eine Vorrich-
tung neben dem Kocher. »Keinerlei Energieprobleme. Wir haben
einen hübschen kleinen Generator an Bord. Bessie übrigens auch.«

»Wer ist Bessie?« fragte Neil verständnislos.

»Der Rolls. Aber nein, ich glaube, wir nehmen lieber den Gemahle-
nen, das geht schneller.«

Während Clive Wasser auf die Kochplatte stellte, schaute Neil sich in
dem kleinen Raum um. Obwohl es sich ganz offenkundig um eine Küche handelte, gab es auch Dinge, die sich in dieser Umgebung verwun-
derlich ausnahmen: ein Standspiegel in schwerem silbernen Rahmen.
Er wirkte sehr antik. Ein altertümlicher Pokal auf einem Geschirrbord
schimmerte mattgolden. An der Wand hing ein Kreuz. Es sah aus, als
sei es mit Rubinen besetzt.

Den schwarzen, tiefliegenden Augen in dem blassen Gesicht entging
nichts. Clive sagte: »Hübsch, nicht wahr? Aber warte nur ab, bis du
die wirklich guten Sachen siehst!« Er öffnete einen anderen Schrank.
»Wir benutzen das Königliche Doulton-Porzellan. Ich habe zwar
auch richtige Kaffeetassen, Sèvres-Porzellan, aber die sind einfach zu
winzig, wenn man mal richtig trinken will.«

Neil fragte: »Woher hast du denn das alles?«

Clive hob die Schultern. »Das sind bloß ein paar Kleinigkeiten, die
ich aus dem Schloß meiner Ahnen gerettet habe. Früher haben sie
selbstverständlich nicht gerade in einem Wohnanhänger gestanden.
Komm, ich zeige dir alles, bis das Kaffeewasser kocht.«

Neben der Küche gab es eine Dusche und eine Toilette. Der Wasserbe-
hälter sei in das Dach eingebaut, erklärte Clive. Ein paar Gaszylinder
für die Heizung hatte er in Reserve, außerdem wußte er genau, wo er
weitere finden konnte.

Gegenüber der Toilette waren die Schränke eingebaut. Clive öffnete eine Tür, und Neil sah eine Menge Kleider, darunter auch zwei Abendanzüge und einen Kamelhaarmantel mit einem Pelzkragen. In einem Schubfach lag ein Stapel seidener Hemden, in einem kleinen Fach an der Seite eine ganze Sammlung von Manschettenknöpfen, alle aus Gold, manche mit Edelsteinen besetzt. Auf einem Regal unten im Schrank standen Schuhe: schwarze, braune, beige, daneben auch ein Paar hohe Reitstiefel. An der Schranktür hingen Dutzende von seidenen Krawatten.

»Meine Garderobe«, erklärte Clive. »Und hier ist der Salon.«

Eine Tür glitt zur Seite und gab den Blick auf einen Raum frei, der nach ungefähr einem Drittel der Gesamtlänge noch einmal unterteilt war. Im kleineren Teil stand, wie Clive vorführte, ein Ausziehtisch aus polierter Eiche.

»Es gab hier auch noch eine ganze Menge stapelbarer Stühle«, erklärte er, »aber die habe ich hinausgeworfen.« Er deutete auf zwei steillehnige Stühle an der Wand. »Die sind Chippendale.«

Im größeren Teil des Raumes standen auf beiden Seiten herausziehbare Betten, doch wegen der Möbel konnte nur eines davon gebraucht werden. Es gab da einen schwarz-goldenen Schreibtisch, dessen geschwungene goldene Beine in Löwenpranken endeten; einen kleinen Tisch mit feiner Einlegearbeit. Darauf stand ein großer Kassettenrekorder und davor ein mächtiger Klubsessel aus grünem Leder. Ein Teppich auf dem Boden zeigte gedämpfte Rot-, Blau- und Brauntöne.

»Ein Perser«, erklärte Clive.

Das war durchaus noch nicht alles. Die eingebauten Regale an den Wänden waren mit Schätzen vollgestopft. Neil sah verschiedene goldene und silberne Gefäße, ein Schachspiel mit goldenen und silbernen Figuren, ein Straußenei auf einem goldenen Sockel, eine Schnitzarbeit aus Gold und Elfenbein: drei Fischer fischten in einem Teich aus Silber . . . An einer Wand hing ein Krummschwert in einer goldenen Scheide, an einer anderen eine reich verzierte Flinte mit silbernem Kolben. Er gab auch Bilder. Freier Platz war nur sehr wenig zu sehen.

Clive deutete auf eines der Bilder: »Rembrandt. Natürlich konnte ich nur die kleineren Bilder mitnehmen.«

Neil kam sich ganz unbeholfen vor. »Es ist verblüffend«, sagte er.

»Ja, ja, nicht schlecht«, sagte Clive und nickte zustimmend. »Ich glaube, ich höre das Wasser im Kessel singen!«

Der Kaffee mit Milchpulver anstatt Sahne war sehr gut. Während sie ihn tranken, versuchte Neil, etwas über Clives Erlebnisse in jüngster Zeit zu erfahren, doch damit kam er nicht weit. Die Antworten auf seine Fragen blieben sehr vage. Clive sei ein wenig herumgefahren, hier und da. Ein Ort sei wie der andere. Überlebende? Ja, drei oder vier habe er wohl gesehen. Wie alt sie gewesen seien? Verschieden. Erwachsene? Er schüttelte den Kopf. Alle seien jünger gewesen als er selbst. Aber ob er denn nicht daran gedacht habe, sich mit ihnen zusammenzutun? Clive sah überrascht aus. Nein, er fühle sich allein recht wohl, sagte er. Im Wohnwagen sei kein Platz für mehrere, jedenfalls nicht, wenn man bequem darin leben wolle.

Sehr viel bereitwilliger antwortete er, als Neil nach den Vorräten fragte. Das habe er alles bestens organisiert, behauptete er. Er habe einen Ort gefunden, an dem sich das Hauptlager für eine Supermarktkette befinde. Da gebe es einfach alles, was man sich nur wünschen könne, und alles so reichlich, daß man für sein ganzes Leben damit versorgt sei. Als Neil jedoch fragte, wo sich dieses Lager denn befinde, lächelte er nur wissend.

Auch zu Benzin hatte er guten Zugang. In den Kofferraum des Rolls hatte er eine ganze Reihe von Reservekanistern gestellt, so daß er eine Reichweite von sieben- bis achthundert Meilen hatte. Außerdem hatte er auch zwei Sätze Ersatzreifen und Schneeketten für den Winter.

Obwohl er auf seine offensichtliche Vorsorge für die Zukunft stolz zu sein schien, ließ Clives Interesse sogleich wieder nach, als Neil in allgemeinerer Form darüber zu sprechen begann, wie die Zukunft einer Welt aussehen könne, in der es nur noch eine Handvoll Menschen gäbe. Ebenso uninteressiert blieb er, als Neil von der Krankheit sprach.

Neil erklärte, daß der Widerstandsfaktor, der für ihr Überleben gesorgt habe, offenbar altersabhängig sei. Je jünger man sei, desto bessere Chancen habe man. Andererseits wären Überlebende unterhalb einer bestimmten Altersschwelle nicht in der Lage gewesen, mit den Problemen des Lebens fertig zu werden. Man müßte jung sein, zugleich aber auch alt genug, um für sich selber sorgen zu können.

Clive nickte gleichgültig. »Ich habe ein Kind von drei oder vier Jahren gesehen.«

»Und was ist aus ihm geworden?« fragte Neil. »Hast du es denn nicht mitgenommen?«

Clive nahm die glaslose Brille ab. Anstatt einer Antwort sagte er: »Ich habe dir etwas noch nicht gezeigt. Komm!«

Er ging in den kleineren Wohnraum voran. In einer Ecke stand ein hölzener Kasten, so etwas wie ein Seekoffer, von schweren Eisenbeschlägen und einem dicken Schloß gesichert. Clive zog einen Schlüssel aus der Tasche, schloß die Truhe auf und öffnete den Deckel.

»Was hältst du davon?«

Es war wie eine Szene aus einem kitschigen Piratenfilm. Die Truhe war angefüllt mit Juwelen: Ketten, Armbändern, Diademen, Broschen mit allen erdenklichen Steinen in schönen goldenen Fassungen. Ein silbrig glänzender Haufen in einer Ecke bestand aus mindestens einem Dutzend Perlenketten. Clive nahm einen schwarzen Beutel aus der Truhe und öffnete die Verschnürung. Dann hielt er den Beutel so, daß Neil hineinschauen konnte. Mindestens hundert Ringe waren darin, und jeder war mit zumindest einem großen Diamanten geschmückt.

Zweifellos erwartete Clive eine Äußerung von Neil, und so sagte der: »Hast du den Familienschmuck mitgebracht?«

Clive warf ihm einen schnellen Blick zu, dann nickte er. »Ja, richtig.« Sorgsam verschnürte er den Beutel und legte ihn wieder zurück.

»Und du? Hast du auch etwas bei dir?«

»Nur einen Ring von meiner Mutter.«

»Darf ich sehen?«

Neil fischte den Opalring aus seiner Anoraktasche, und Clive betrachtete ihn.

»Hübsch«, sagte er herablassend und gab ihn zurück. Dann verschloß er seine Truhe und steckte den Schlüssel ein.

Die menschenfreundlichste Erklärung war, daß er verrückt sein müsse. Ob er freilich immer schon so gewesen war oder ob die jüngsten Ereignisse ihn aus der Bahn geworfen hatten, das war schwer zu sagen. Sein gegenwärtiges Leben vollzog sich jedenfalls mehr in der Phantasie als in der Realität. Der Vorstadtakzent, der immer hörbarer wurde, paßte nicht zu einem Grafen d'Arcy. Und hatte es einen Herzog von Blenheim überhaupt je gegeben? War Blenheim nicht nur der Name eines Hauses, das dem Herzog von Marlborough gehört hatte?

Alles, was er jetzt besaß, auch der Wohnanhänger und der Rolls, waren Dinge, die er sich im Laufe der Zeit angeeignet haben mußte. Neil hatte sich gewundert, daß Clive so geringes Interesse an anderen Überlebenden zeigte, und ihn schockierte der Gedanke, daß er einen Vierjährigen einfach seinem Schicksal überlassen hatte. Aber es wurde ihm immer klarer, daß für Clive andere Menschen kaum existierten. Neil selbst spielte nur insofern eine Rolle, als man ihm seine Schätze vorführen konnte. Er hatte als Spiegel für Raffgier und Eitelkeit zu dienen.

Wenn die Dinge so lagen, war es auch zwischen den möglicherweise einzigen Überlebenden sinnlos, so etwas wie eine nähere Bindung zu schaffen. Die leichte Zurückhaltung, die er Clive gegenüber von Anfang an verspürt hatte, steigerte sich schnell zu einer deutlichen Abneigung. Je schneller sie sich trennten, je schneller Neil wieder seine eigenen Wege ging, desto besser war es. Und die Tatsache, daß es vielleicht doch noch andere Überlebende gab, verlieh diesem Gedanken zusätzliches Gewicht.

Wahrscheinlich war Clive auch froh, wenn er endlich wieder verschwand. Die Rolle, die von ihm erwartet worden war, hatte Neil gespielt, und nachdem Clive seinen Drang zur Schaustellung befriedigt hatte, stellten sich bei ihm nun wohl auch wieder andere Erwägungen ein und drängten sich in den Vordergrund. Neil bezweifelte, daß Clive sich ganz wohlfühlen könne, solange ein Fremder in unmittelbarer Nähe seiner Schätze weilte. Seine Manie, stets alles zu verschließen, deutete darauf hin.

Doch zu Neils Überraschung widersprach Clive, als Neil sich für den Kaffee bedankte und aufbrechen wollte. Er legte Neil eine Hand auf den Arm und sagte freundlich: »Du kannst doch jetzt nicht einfach gehen. Ich möchte gern, daß du bleibst und mit mir zu Abend speist. Ich habe Fasan in Burgundersoße und dazu eine gute Flasche Bordeaux, eine Schloßabfüllung.«

In Neil meldeten sich widerstreitende Gefühle. Er neigte dazu, auf dem Abschied zu bestehen. Andererseits war Clive das erste lebende menschliche Wesen, das Neil seit einer Zeit gesehen hatte, die ihm wie eine Ewigkeit vorkam. Und dieser Clive schien zwar verrückt, aber harmlos zu sein. Es war sogar möglich, daß sich sein Zustand besserte, wenn er nur einen Menschen hatte, mit dem er sprechen konnte.

»Also gut, vielen Dank!«

Es gab im Laufe des restlichen Tages Augenblicke, in denen Neil meinte, seine Vermutung über Clives Geisteszustand und die Möglichkeit seiner Besserung sei richtig gewesen. Vieles von dem, was er sagte, war offensichtlicher Unsinn – er sprach von Jagdbällen, von Schleppjagden, von Ferien in Westindien, Afrika und Amerika, sogar von einem Essen mit der Königin – aber es gab auch vernünftigere Zeiten.

Eine davon begann, als er Neil nach dessen Familie befragt hatte. Hatte er noch Brüder und Schwestern gehabt? Neil bejahte es, nannte auch die Namen, als er danach gefragt wurde, erwähnte jedoch nicht, daß seine Geschwister schon vor dem Ausbruch der Krankheit durch einen Unfall getötet worden waren.

Daraufhin sagte Clive: »Ich hatte drei Schwestern. Sie waren älter als

ich. Jenny, Caroline und Paula. Jenny war Sekretärin in einer Bank.«
Er schwieg ein Weilchen. »In diesem Sommer wollte sie dort aufhören und heiraten.«

Nicht Lady Jenny, Lady Caroline und Lady Paula, stellte Neil fest.
Und obgleich es nicht ausgeschlossen war, daß die älteste Tochter eines Herzogs als Sekretärin in einer Bank arbeitete, hätte Neil doch erwartet, daß Clive sich für seine Schwester eine ausgefallenere
Beschäftigung aussuchen würde. Was er jetzt erzählte, war also vermutlich wahr.

Er fragte nach den Schwestern, und Clive erzählte lange und ausführ-
lich von ihnen. Neil gewann den Eindruck von einem kleinen Bruder,
der von drei nachgiebigen großen Schwestern nach Kräften verwöhnt
worden war. Die Eltern blieben undeutlich und verschwommen, sie
schienen für sein Leben nicht so wichtig gewesen zu sein. Er sagte:
»Zuerst hatte Caroline die Krankheit, dann Paula. Ich dachte, sie
würde Jenny vielleicht auslassen, aber dann sah ich, wie es auch bei ihr
anfing.« Ein Zittern war in seiner Stimme. »Ich habe alles mit ange-
sehen, vom Anfang bis zum Ende.«

Plötzlich schwieg er, und Neil sah, daß es in seinen dunklen Augen
glitzerte. »Das ist ja nun alles vorbei«, sagte er.

Ihm war durchaus bewußt, wie unangemessen ein solcher Satz war,
doch ihm fiel nichts ein, was er sonst hätte sagen können. Ein paar Augenblicke blieb Clive still, dann sagte er mit übertriebener Fröhlichkeit: »Ich wußte doch, daß da noch etwas ist, was ich dir zeigen
wollte!«

Er holte es von einem Regal: ein altes Buch, in Kalbsleder gebunden,
mit silbernen Beschlägen und einem silbernen Verschluß. »Schau dir
das an!«

Allmählich war es Neil müde, ständig diese triumphierenden Aufforde-
rungen zu hören. Clive öffnete die Spange und schlug das Buch auf.
Die Seiten waren aus vergilbtem Pergament, die Buchstaben von
Hand gemalt und verziert. Der Text war in lateinischer Sprache ge-

schrieben und nicht leicht zu entziffern, doch Neil begriff, daß es sich um ein religiöses Buch handeln mußte, vielleicht um eine Bibel.

»Von Büchern halte ich nicht viel«, sagte Clive, »aber in diesem hier sind ein paar herrliche Bilder.« Er schlug eine Seite um und zeigte auf das Bild eines seltsamen Schiffes, in dessen Luken gerade paarweise die seltsamsten Tiere hineinströmten: Giraffen, Löwen, Elefanten, ein paar wollige Schafe. Meer und Himmel waren in verschiedenen Blautönen gemalt, und die Sonne war eine Scheibe aus echtem Blattgold.

»Noahs Arche«, sagte Clive. »Das gefällt mir. Wirklich!«

Am Abend, als sie gemeinsam aßen, waren Clives Erzählungen wieder sehr phantastisch. Er hatte nicht nur mit der Königin gespeist, sondern er war auch einige Zeit bei ihr zu Gast gewesen. Es war nicht leicht, genau herauszufinden, ob das im Buckingham Palast, in Schloß Windsor oder in Balmoral gewesen war – vielleicht gleich in allen drei Schlössern. Von der Königlichen Familie sprach Clive wie von alten Freunden.

»Ich habe auch schon über die Kronjuwelen nachgedacht«, sagte er. »Vielleicht sollte ich zum Tower fahren und sie holen, um sie in sichere Verwahrung zu nehmen. Die Königin hätte das sicherlich von mir erwartet.«

Wenigstens war das Essen gut. Zum Fasan servierte Clive Kartoffeln, Spargel und Erbsen, und danach holte er auch noch eine Büchse mit einem köstlichen Fruchtpudding. Aus silbernen Pokalen tranken sie den Wein. Er hatte einen leicht säuerlichen Geschmack, den Neil nicht besonders mochte, und er lehnte ab, als Clive nachschenken wollte, doch sein Gastgeber trank eine ganze Menge. Das sei einer der besten Weine aus dem Keller seines Vaters, behauptete er, ohne daran zu denken, daß noch das halbe Preisschild der Weinhandlung auf dem Etikett klebte. Sie beschlossen das Mahl mit Kaffee, frisch gemahlenem diesmal, und Clive erzählte eine wirre Geschichte, in der sein Vater mit der ganzen Familie in die Schweiz gereist war. Damals hätten sie das gesamte erste Stockwerk des größten Hotels für sich gehabt, und Clive und sein Vater hätten das Matterhorn bestiegen.

Es war dunkel geworden. Clive stand auf, um das Licht einzuschalten. Zuletzt war er so liebenswürdig gewesen, daß Neil bereits damit rechnete, zum Bleiben eingeladen zu werden, Er legte sich eine gute Ausrede zurecht. Der Gedanke, hier übernachten zu sollen, behagte ihm gar nicht. Aber Clive sagte: »Wir sollten jetzt nach einem Schlafplatz Ausschau halten. Ich helfe dir.«

Erleichtert antwortete Neil: »Schon gut, ich werde bestimmt etwas finden.«

Clive bestand jedoch darauf, ihn zu begleiten. In einem großen viktorianischen Haus hinter der Hauptgeschäftsstraße fanden sie ein geräumiges Schlafzimmer. Das Bett sei sehr bequem, erklärte Clive, und gleich nebenan sei ein Bad.

»Du kannst aber auch morgen früh in meinen Wohnwagen kommen und dort duschen«, bot er an. »Und du kannst mit mir frühstücken. Ich habe amerikanischen Speck, und ich kann aus Eipulver ein Omelett zubereiten. Ein Pilzomelett. Magst du das?«

Es war eine Erleichterung, ihn fortgehen zu sehen. Neil beschloß, am nächsten Morgen endgültig wieder seiner eigenen Wege zu gehen. Er hängte seinen Anorak auf und lauschte, als er einen Schrei hörte, den er als den eines Fuchses erkannte. Jetzt, da die Menschen verschwunden waren, gab es keinen Unterschied mehr zwischen Land und Stadt. Neil fühlte sich nach der guten Mahlzeit satt und müde. Er schlief bald ein.

In der Nacht wurde er wach und hatte das Gefühl, ganz in seiner Nähe eine Bewegung wahrgenommen zu haben. Dann erinnerte er sich daran, daß er nicht mehr allein in der Welt war. »Clive?« rief er. Er bekam keine Antwort, doch seine Nerven blieben angespannt. Verrückt, dachte er, verrückt, aber harmlos. Konnte er dessen wirklich sicher sein?

Draußen schien der Mond, und er erhellte das Zimmer so ausreichend, daß Neil sich vergewissern konnte, daß er allein im Zimmer war. Die Tür war jedoch eindeutig weiter geöffnet als vorhin. Ein Windstoß vielleicht. Aber die Nacht war windstill. Neil stand auf, schloß die Tür und schob die Kommode davor. Dabei hörte er wieder ein Geräusch. Es war draußen, und es entfernte sich. Wahrscheinlich ein Tier, dachte er.

Er stieg wieder ins Bett, und gleich darauf schlief er fest. Es war heller Tag, als er wieder erwachte. Mit dem Waschen hielt er sich nicht erst auf. Der Gedanke an eine Dusche war verlockend, wenn man dafür auch Clives Gesellschaft in Kauf nehmen mußte. Neil kleidete sich an und verließ das Haus.

Bis zur Hauptstraße waren es knapp fünfzig Meter, und er konnte den Jaguar sehen, ehe er ihn erreichte. Die schlanken Umrisse schienen flacher geworden zu sein. Neil erreichte die Straße und blieb ungläubig stehen. Kein Wunder, daß ihm der Wagen niedriger vorkam. Die Reifen waren platt.

Verwundert ging Neil auf den Wagen zu. Die Reifen waren zerstochen worden. Auch die Polster waren zerschnitten. Das Leder hing in Streifen herunter.

Es war sinnlos. Clive? Es konnte kaum ein anderer gewesen sein. Neil wurde zornig. Verrückt oder nicht, dafür sollte sich dieser Bursche verantworten! Er spürte, daß er die Fäuste ballte, während er um die Ecke ging und die Straße erreichte, in der gestern der Wohnwagen geparkt hatte. Da war der Fußgängerüberweg, doch die beiden Fahrzeuge, die gleich dahinter gestanden hatten, waren verschwunden.

Die Geräusche während der Nacht . . . Jetzt war Neil ganz sicher, daß es Clive gewesen sein mußte. Nur einen Grund konnte er sich nicht denken. Vermutlich hatte der andere ein Messer bei sich gehabt, denn er hatte ja Polster und Reifen zerschnitten. Hatte er vorgehabt, Neil damit zu erstechen? Neil schüttelte den Kopf und schob die Hände tief in die Anoraktaschen. Als Mörder konnte er sich Clive noch immer nicht vorstellen.

Während er darüber nachsann, wurde ihm allmählich bewußt, daß etwas fehlte. Seine rechte Hand mußte doch eigentlich den Ring seiner Mutter fühlen – aber da war nichts. Als er den Anorak gestern abend aufgehängt hatte, war der Ring in der Tasche gewesen. Er hatte ihn angefaßt, ehe er zu Bett gegangen war, so wie er es immer tat.

Endlich begriff Neil. Das erklärte auch, warum Clive unbedingt gewollt hatte, daß er bleiben solle, warum er die Schlafstätte für die Nacht mit ausgesucht hatte. Clive wollte das Haus kennen und sicher sein, daß er hineinschleichen konnte, während Neil schlief. Wahrscheinlich war er wieder hinausgeschlichen, als Neil ihn gerufen hatte, doch vorher hatte er bereits gefunden, was er haben wollte.

Aber warum? Was wollte er mit einem ganz gewöhnlichen Ring, wenn er doch eine Truhe hatte, die mit Juwelen vollgestopft war? Noch während Neil sich die Frage stellte, wußte er, wie sinnlos sie war. Ebensogut konnte man fragen, warum eine Elster stahl.

Er war noch immer zornig, doch er empfand auch Mitleid. Von dieser krankhaften Habgier getrieben zu werden, die niemals befriedigt werden konnte, obwohl der Getriebene doch in einer Welt lebte, die ihm fast keine Hindernisse entgegenstellte, seine Gier zu stillen . . . Es war wirklich ein bedauernswerter Fall.

Neil wandte sich um und ging langsam zum Jaguar zurück. Er betrachtete die zerfetzten Sitzpolster. Nicht so bedauernswert immerhin, daß er Clive nicht freudig ein paar Fußtritte versetzen würde, wenn er jemals die Gelegenheit dazu hätte.

7

Während seiner ersten Woche in London zog Neil mehrmals von einem Haus ins andere, ehe er sich in einem Haus am Hyde Park endgültig einrichtete. Aus den Papieren in einer Schreibtischschublade erfuhr er, daß es sich um das Haus eines ausländischen Diplomaten handelte. Es war sehr luxuriös mit Brokattapeten und dicken Teppichen ausgestattet. Die Möbel paßten dazu, und manche der Bilder an den Wänden erkannte Neil als Werke berühmter Künstler.

Der Luxus war nicht der Hauptgrund dafür, daß er dieses Haus zu seinem ständigen Wohnsitz wählte. Wichtiger war der Park vor dem Haus. Er sorgte dafür, daß Neil ein breiteres Stück Landschaft, nicht nur eine schmale Straße hoffnungsvoll nach einem näherkommenden Lebewesen absuchen konnte. Zu seinem Ausblick gehörte auch die berühmte Serpentine. Zwar lief noch immer Wasser aus den Leitungen im Haus, doch Neil fühlte sich bei dem Gedanken sicherer, daß auch ein reicher Vorrat an Frischwasser in der Nähe zur Verfügung stand.

Das Haus lag außerdem fast in der Mitte zwischen Kensington High Street und Knightsbridge. Das war sehr günstig, was den Zugang zu allen möglichen Geschäften betraf. Schließlich handelte es sich um Geschäfte, die einen recht wohlhabenden Kundenkreis versorgt hatten. Die Vorräte waren so gut wie unerschöpflich. Solche Überlegungen mußten nach Neils Meinung auch andere Überlebenden anziehen.

In dieser Hinsicht schwankten seine Hoffnungen. Gleich nach der Begegnung mit Clive war er recht optimistisch gewesen. Die Welt war nicht mehr leer; es bestand die Aussicht, gleich hinter der nächsten Straßenecke einen Menschen zu finden. Noch während Neil einen Ersatz für den Jaguar suchte, hatte er stets das Gefühl, daß eine solche Begegnung sich jeden Augenblick ereignen könne. Hin und wieder blieb er stehen, rief hallo, und einmal bildete er sich sogar ein, er hätte einen antwortenden Ruf gehört. Er blieb stehen und lauschte, rief noch einmal, doch nur Stille folgte darauf.

Der Optimismus blieb, als er in einem blauen Cortina London durchstreifte. (Der Tank war zwar nicht sehr voll, aber er war jetzt ja in einer Gegend, in der überall verlassene Wagen standen.) Sobald sich an der Straße so etwas wie ein Aussichtspunkt bot, stieg er aus und durchforschte die Gegend mit suchenden Blicken. Einmal sah er in der Ferne eine Rauchsäule aufsteigen, und er fuhr los, um sie zu finden. Dabei mußte er einen weiten Umweg fahren. Er verlor die Richtung und mußte aus dem Obergeschoß eines Hauses noch einmal nach der Rauchfahne suchen, aber endlich fand er die richtige Stelle. Eine ganze Häuserzeile war niedergebrannt, und die Rauchsäule stieg aus dem noch glimmenden mittleren Teil auf.

Freilich war hier ein Feuer wie jenes, das Rye zerstört hatte, sehr unwahrscheinlich. Dieser Teil Londons stammte aus dem späten 20. Jahrhundert, nicht aus der alten Stadt des 17. Jahrhunderts. Die Häuser waren deutlich voneinander getrennt, und zudem bestanden sie nicht aus Holz, sondern aus Glas, Stahl und Beton. Die Feuer brannten von selber aus. In manchen Gegenden waren die Zerstörungen erheblich, aber insgesamt sah die Stadt eher unversehrt aus.

Die Stille und die Bewegungslosigkeit ließen Neil auf eine ganz neue Art erkennen, wie riesengroß diese Stadt war. Während eine leere Straße auf die andere folgte, konnte Neil einfach nicht glauben, daß er nicht schon bald einen Menschen finden würde. In Bromley suchte er gründlicher und blieb dort auch über Nacht. Er durchforschte auch Clapham und Brixton. Lange fuhr er mit dem Daumen auf der Hupe durch die Straßen, blieb dann stehen, um jedem, der ihn etwa gehört hatte, die Chance zu geben, zu ihm zu kommen.

Als endlich die Verzweiflung einsetzte, war sie schlimmer als zuvor. Er erinnerte sich daran, daß man nicht alles, was Clive gesagt hatte, einfach glauben durfte. Wenn er einen Herzog von Blenheim erfunden hatte, konnten dann nicht auch die anderen Überlebenden einfach Ausgeburten seiner Phantasie gewesen sein? Die Tatsache, daß ein Mensch außer ihm die Krankheit überlebt hatte, bewies noch lange nicht, daß es auch noch weitere Überlebende geben mußte. Er und Clive konnten durchaus die gesamte noch verbliebene Bevölkerung Großbritanniens sein.

Er stieß auch auf Anzeichen, die ihm sagten, daß er sich geirrt hatte, wenn er meinte, daß London etwaige Überlebende anziehen müsse. Freilich hatten nicht die Feuer etwa noch lebende Menschen vertrieben. Manches deutete jedoch darauf hin, daß die Rattenplage hier entsetzlich gewesen sein mußte. Viele waren auch heute noch Tag und Nacht unterwegs, und zur Zeit ihrer stärksten Ausbreitung mußten sie eine wahre braune Flutwelle gebildet haben. Überall bleichten Knochenhaufen auf den Straßen. Manche Skelette sahen aus, als stammten sie von Hunden oder Katzen, eines war sehr wahrscheinlich einmal ein Pferd gewesen. Zweimal fand Neil auch menschliche Skelette. Man konnte nicht sagen, ob diese Menschen Opfer der Krankheit geworden waren, oder ob die Ratten sie zur Strecke gebracht hatten.

Nachdem Neil bis Princes Gate gekommen war, gab er die Hoffnung auf, noch auf Menschen zu stoßen, und er beschloß, künftig an einem Fleck zu bleiben. Es war ungefähr so wie damals, als er sich einmal als Kind in einem Irrgarten in Hampton Court verlaufen hatte, nur daß jetzt dieser Irrgarten millionenmal größer war. Er und die anderen konnten sich noch so sehr mühen: der Morgen, an dem er unterwegs war, um zu suchen, konnte genau der Morgen sein, an dem jemand vorbeikam, der hier ebenfalls auf der Suche war. Er erinnerte sich, was sein Großvater einmal gesagt hatte: Wenn man sich an den Picadilly Circus stellt und dort stehenbleibt, wird man früher oder später allen Bekannten begegnen. Damals war ihm das absurd vorgekommen, doch jetzt sah er ein, daß eine solche Behauptung durchaus etwas für sich hatte.

Eine Expedition unternahm er aber doch noch. Im Laufe der Zeit wurden seine Gedanken an Clive immer weniger feindselig. Verrückt oder

nicht – er war ein menschliches Wesen. Auch Phantasie und Klepto-
manie waren vielleicht noch dem Alleinsein vorzuziehen. Neil dachte
an Clives Bemerkung über die Kronjuwelen. Deshalb suchte er den
Tower von London auf.

Erstaunlich fand er, daß die Raben noch immer da waren und über den
Rasen neben dem weißen Tower trippelten. Aber keine Soldaten in
Bärenmützen, keine Touristenmengen, keine Fremdenführer, die
gleichtönig von Dramen aus der Vergangenheit berichteten. Diese
Bauwerke, die im Laufe der Jahrhunderte Millionen Menschen ange-
lockt hatten, taten es jetzt nicht mehr. Zeugnisse der früheren Menschheit waren nur noch die in die Mauern geritzten Initialen und die leeren Rüstungen an den Wänden des Museums.

Die schwere Tür, die zum Wakefield Tower führte, war verschlossen.
Sie gab nicht nach, als Neil versuchte, sie zu öffnen. Vermutlich hatte
der letzte Wachsoldat, als er sein Ende nahen fühlte, die Tür verschlossen und damit eine letzte Pflicht erfüllt. Es war eine sinnlose Handlung
gewesen. Nichts ließ erkennen, ob Clive hier gewesen war oder nicht.
Und was änderte es schon, falls er tatsächlich den Tower aufgesucht
hatte? Er hätte dann ja doch nur seine Beutestücke an sich gerafft und
wäre wieder davongefahren.

Neil ging zu den Schießscharten hinauf und schaute über den Fluß.
Die Tower Bridge war heruntergelassen. Kein großes Schiff verlangte
Durchfahrt. Das Wasser schwappte müßig gegen die Brückenpfeiler.
Ein Stück flußaufwärts waren Schiffsmasten zu erkennen, doch sie
wirkten so verlassen und verkommen wie die Hausdächer ringsum.
Neil dachte an vergangene Zeiten, an den unablässigen geschäftigen
Verkehr, der hier geherrscht hatte: Barken, Schlepper, Flußkähne,
Polizeiboote. Ein paar Seemöwen kreischten heiser. Es waren nicht
viele. Der niemals endende Strom von Abfällen blieb aus, der sonst die
riesige Armee von allzeit hungrigen Vögeln genährt hatte.

Während Neil den Fluß betrachtete, der schon vor den Zeiten der Rö-
mer eine Handelsstraße gewesen war, begriff er plötzlich ganz deut-

lich, daß alles nicht nur hier geschehen war, sondern die ganze Welt betroffen hatte. Er hatte sich immer vorgestellt, daß er ganz allein in der Weite Englands übriggeblieben sei; aber es ging nicht nur um eine kleine Insel, es handelte sich um den ganzen Planeten. Der Gedanke war unerträglich. Neil wandte sich schnell um und ging davon.

Sein Leben nahm wieder einen geregelten Verlauf an. Er stand gegen sieben Uhr auf, wusch sich, zog sich an und bereitete sein Frühstück. Am Vormittag ging er bei gutem Wetter im Park spazieren, und bald merkte er, daß er dabei Tag für Tag demselben Weg folgte: am Albert Memorial vorbei, rund um den Teich, über die Brücke zurück, am Nordufer der Serpentine entlang, hinüber zum Marble Arch, dann die verwaiste Oxford Street hinunter, zurück auf der parallelen Park Lane mit ihren Hotels wie Mausoleen, an der baumbestandenen Rotten Row entlang.

An den Nachmittagen besuchte er Geschäfte, oder er kümmerte sich um Brennmaterial. Das Haus war zwar mit einer Zentralheizung ausgestattet, doch das obere Wohnzimmer hatte auch einen marmorverkleideten Kamin mit einer metallenen Feuerstelle. Neil hatte Beil und Säge gefunden, und das nötige Holz holte er aus den benachbarten Häusern. Anfangs gab er sich Mühe, nur wertloses Zeug zu verbrennen – Küchenstühle, Tische und dergleichen –, doch nachdem er aufgebraucht hatte, was davon in der Nähe erreichbar war, ging er ein wenig skrupelloser zu Werke. Eines Tages, als es besonders dunstig und feucht war, mochte Neil nicht weiter gehen als bis ins nächste Haus. Mit den Überresten eines sehr schönen alten Pembroke-Tisches kam er zurück, und aus der Wandtäfelung der Bibliothek hatte er einige Bretter gelöst.

Wenn schlechtes Wetter war, las er viel. Manche Bücher hob er auf, nicht etwa, weil er meinte, er werde sie noch einmal lesen wollen. Die meisten füllten dann doch seine Brennstoffvorräte auf. Er fand ein altes Exemplar des »Schweizerischen Robinson« und fing interessiert an, darin zu lesen. Die Geschehnisse waren unwahrscheinlich, die Charaktere ziemlich unglaubhaft, doch Neil empfand ein seltsames Interesse am Schicksal dieser Familie, die ohne alle Hilfsquellen auf einer einsamen Insel gelandet war. Seine eigene Lage war fast das genaue Gegenteil. Er hatte sich daran gewöhnt, daß er Elektrizität, Radio, Fernsehen und dergleichen nicht hatte. Ihm blieb jedoch ein ungeheurer Vorteil: Er hatte weit mehr Lebensmittel, als er jemals aufbrauchen konnte, und als Unterkunft stand ihm die gesamte Hauptstadt zur Verfügung. Wenn ihm danach zumute war, konnte er jede Nacht in einem anderen Bett schlafen, und wenn er eines Tages in einem natürlichen hohen Alter sterben würde, dann wären 99 Prozent aller Betten noch immer unbenutzt.

Die Ronbisons andererseits konnten sich gegenseitig Gesellschaft leisten. Sie hatten Stimmen um sich, den Anblick freundlicher Gesichter, konnten sich die Hände geben. Endlich wurde ihm das Buch unerträglich. Halb gelesen wanderte es ins Feuer.

Die Tage wurden kürzer; ein herbstlicher Hauch lag in der Luft. Eines Tages brach ein Sturm los und wütete drei Tage lang, ohne nachzulassen. Neil blieb im Haus. Zum Glück hatte er sich vorher einen ausreichenden Vorrat an Feuerholz zugelegt. Er hatte zu essen und zu lesen und genug Batterien für einen ausgezeichneten Kassettenrekorder, den er sich besorgt hatte. Wenn er realistisch war, mußte er sich eingestehen, daß alles noch sehr viel schlechter hätte sein können.

Trotzdem war es gut, endlich wieder an die frische Luft gehen zu können. Es wehte noch ein frischer, böiger Wind, doch nur wenige Wolken jagten über den blauen Himmel. Er fühlte sich erleichtert und atmete tief die kühle Luft, während er über die Kieswege der einst so gepflegten Gartenanlagen am Fuße des Memorials ging. Überall wucherte jetzt Unkraut, das sich auch schon der Wege bemächtigte. Wo einst glatter Rasen gewesen war, stand jetzt dichtes, kniehohes Gras. Einige Blumen hatten überlebt und setzten freundliche Farbtupfen, doch der vorherrschende Farbton war grün. Deshalb war ein roter

Fleck ganz besonders auffällig. Dieser rote Fleck befand sich in einem Rosenstock, der schon verwildert war, und anfangs dachte Neil, es habe sich dort eine letzte Rose erhalten. Bei genauerem Hinsehen erkannte er jedoch, daß es sich um einen Kinder-Luftballon handelte. Der Ballon hing schlaff an einem Zweig, hatte schon mehr als die Hälfte seiner Luft verloren, und Neil ging uninteressiert weiter, bis er plötzlich bemerkte, daß etwas Weißes an die Ballonschnur gebunden war. Eine kleine, rechteckige Karte. Jemand hatte etwas daraufgeschrieben.

Das Rosengestrüpp war dicht, und Neil mußte sich mühselig einen Weg bahnen, bis er den Ballon erreichen konnte. Das kleine Stückchen Pappe war vom Regen durchnäßt, doch über die Schrift war eine durchsichtige Folie geklebt worden. Die Nachricht auf dem Karton war kurz und sehr einfach:

Ich bin in der Heath Avenue 34,

Hampstead. Wo bist du?

Als er über den Picadilly Circus ging, dachte Neil wieder an die Bemerkung seines Großvaters. Wer jetzt hier in der Hoffnung wartete, einem Freund zu begegnen, mußte sich auf eine lange Wartezeit einrichten. Aber man hielt jetzt nicht mehr nach Freunden Ausschau – jedes menschliche Wesen war ein Freund. Auf dem Karton hatte kein Name gestanden, und Neil hatte schon gedacht, daß die Botschaft vielleicht von Clive stammen könne. Aber auch das störte ihn nicht. Es kam nur darauf an, daß es sich um einen lebenden Menschen handelte, mit dem man Verbindung aufnehmen konnte.

Neil hatte die Heath Avenue in einem Stadtplan von London gesucht und sich den kürzesten Weg dorthin gemerkt. Trotzdem verlief er sich mehrmals. Einmal war die Straße durch Trümmer versperrt. Ein großes Gebäude war eingestürzt. Er kehrte um, fand sich plötzlich vor einem Schild »Eintritt verboten«. Er dachte darüber nach, wie viele Vorschriften und Verbote die Menschen doch ersonnen hatten, um ihr Zusammenleben auf einem übervölkerten Planeten zu erschweren. Jetzt gab es nur noch eine einzige Regel: Versuchen, einen Menschen zu finden.

Neil probierte, sich den Absender der Botschaft vorzustellen. Er bezweifelte nun doch, daß Clive es gewesen sein könne. So etwas tat Clive nicht. Die Nachricht auf dem Stück Pappe war auch zu direkt und zu knapp, als daß sie von ihm stammen könnte. Die Schrift war klar und deutlich, wohlgeformt, doch ohne überflüssiges Beiwerk. Der Schreiber mußte ungefähr in seinem eigenen Alter sein, dachte Neil.

Das Gefühl der Erwartung war stärker als alles, woran er sich erinnern konnte. Es war wie das Warten auf den Weihnachtsabend, als er noch klein gewesen war, doch kein Weihnachtsabend war jemals so aufregend gewesen. Während er den langen Anstieg zum Haverstock Hill hinaufging, dachte Neil daran, daß er noch nicht einmal wußte, welchen Geschlechts der Absender der Botschaft war. Die Schrift konnte von einem Jungen wie von einem Mädchen stammen. Aber das war jetzt unwichtig. Bald, sehr bald schon würde es zu einem Zusammentreffen kommen, und dann war das Alleinsein vorbei.

Er gab sich Mühe, seine wachsende Erregung zu bekämpfen, suchte bewußt nach Schwierigkeiten und Hindernissen. Er konnte zum Beispiel nicht wissen, wie lange der Ballon mit seiner Karte schon über London dahingeflogen war. Möglicherweise Wochen oder gar Monate. Der Absender hatte das Warten vielleicht längst aufgegeben und war weitergezogen. Vielleicht war er ganz vergebens unterwegs.

Doch Erwartung und Optimismus widerstanden mühelos diesen Einwänden. Die Botschaft war zweifellos echt. Selbst wenn ihr Absender eine andere Wohnung gewählt haben sollte, hatte er wahrscheinlich eine Nachricht hinterlassen. Wenn er schon einen Versuch unternommen hatte, eine Verbindung aufzunehmen, hatte er sicher dafür gesorgt, daß jemand, der dem Ruf folgte, nicht in eine Sackgasse geriet.

Viel wahrscheinlicher, dachte Neil mit wachsender Erregung, fand er nicht nur einen Überlebenden vor, sondern gleich mehrere. Wahrscheinlich hatte man mehrere Ballons fliegenlassen, Hunderte vielleicht, und womöglich waren die anderen schon früher gefunden worden. Vielleicht wartete eine ganze Menschengruppe auf ihn, wenn er die Heath Avenue erreichte.

Plötzlich wurde es ländlich. Er hatte wieder den Weg verfehlt. Offenbar war er durch Hampstead hindurchgefahren und in die Heide gelangt. Das war zwar ärgerlich, aber wenigstens wußte er, daß er seinem Ziel ziemlich nahe sein mußte. Er wendete den Wagen – der Wendekreis verlief auch über den Bürgersteig, beinahe wäre ein Zaun in Mitleidenschaft gezogen worden – und fuhr zurück. Vielleicht hatte man das Motorengeräusch gehört und hielt schon nach ihm Ausschau.

Die Heath Avenue war eine breite Straße. Die hohen Bäume zu beiden Seiten ließen gelbe Blätter vor das Auto auf die Straße fallen. Die Häuser waren große rote Backsteingebäude. Niemand war auf die Straße gekommen, wie Neil ein wenig enttäuscht feststellte, nachdem er das Haus Nr. 34 gefunden hatte. Nach dem Nummernschild brauchte er gar nicht zu suchen. Über die Vorderwand war ein breites Transparent gespannt, jedes Ende in ein Fenster geklemmt. In großen schwarzen Buchstaben trug es nur ein einziges Wort:

WILLKOMMEN.

Ein Sportwagen stand vor der Tür. Die verhältnismäßig saubere Windschutzscheibe deutete darauf hin, daß er noch vor recht kurzer Zeit benutzt worden sein mußte. Neil parkte gleich dahinter und stieg aus. Ihm wurde klar, daß er auch an seinem eigenen Wohnhaus ein Zeichen hätte anbringen sollen. Auch so etwas wie der Luftballon hätte ihm ruhig einfallen können. Der Bewohner von Nummer 34 war offensichtlich tatkräftiger als er.

Die Haustür war nur angelehnt, nicht verschlossen. Neil öffnete sie und trat in die Halle. Dann rief er: »Hallo! Ist jemand zu Hause?«

Keine Antwort. Nur für einen Augenblick war Neil enttäuscht. Um diese Tageszeit war auch er selber meistens unterwegs. Der Fremde hatte sicherlich seinen eigenen Tageslauf, was Spaziergänge und Besorgungen anbetraf.

Einen Moment überlegte Neil, ob er in dem fremden Haus bleiben durfte, solange niemand daheim war. Mußte er nicht eigentlich vor der Haustür oder draußen in seinem Wagen warten? Aber das war unsinnig. Die alten Sitten und Gebräuche galten nicht mehr. Besitz hatte seine Bedeutung verloren.

Trotzdem ging er nur zögernd daran, das Haus zu durchforschen. Die Halle kam ihm sehr gepflegt vor, und er wagte sich ein Stück weiter und fand eine Küche, die viel sauberer und ordentlicher aussah als jene, die er in Princes Gate zurückgelassen hatte. Die Schränke enthielten reichliche Vorräte an Lebensmitteln, ein Gasherd war in die sonst elektrisch eingerichtete Küche geschafft worden. Bierkisten standen an der Wand aufgestapelt. Alles wirkte gut organisiert.

Neil ging die Treppe hinauf und bemerkte, daß Stufen und Teppichbelag erst kürzlich gesäubert worden waren. Eine offene Tür führte in ein großes Wohnzimmer. Es war ebenfalls sehr sauber, und man hatte das Gefühl, daß es täglich benutzt wurde. Auf einem Tisch lagen zwei Stapel Zeichenkarton. Das Papier auf dem einen Stapel war noch leer, der andere Stapel bestand aus einer großen Anzahl von Zeichnungen. Sie mußten von dem Menschen stammen, der jetzt hier lebte, denn sie waren offenbar nach dem Wüten der Krankheit entstanden. Das zeigte sich nicht nur an der Leere der Straßen, die der Fremde gezeichnet hatte, sondern auch an einer ganzen Reihe von Einzelheiten – der eingeschlagenen Schaufensterscheibe mit den unordentlich durcheinanderliegenden Waren dahinter, dem Skelett mitten auf einer Straßenkreuzung. Die Zeichnungen waren sauber und realistisch, die Arbeit eines geübten Zeichners. Neben dem Fenster aber stand eine Staffelei mit einem halb vollendeten Ölgemälde. Das war ein wahrer Rausch an Farben und Formen. Neil konnte nicht sagen, was das Bild darstellen sollte.

Auf dem Tisch stand eine Schale mit Äpfeln. Die hatte Neil schon lange nicht mehr gesehen. Es mußte wohl in der Nähe einen Obstgarten geben. Neben der Schale lag eine Art Ringbuch. Neil öffnete es und sah die Handschrift, die auch auf der Karte gewesen war. Er erkannte, daß es sich um ein Tagebuch handelte. Er schloß es und sah sich weiter im Zimmer um. Auf dem Kaminsims schwang eine atmosphärische Uhr ihr Messinggewicht hin und her und brauchte eine halbe Minute zu jeder Drehung. Jemand wollte hier also die Zeit messen. Dieses Interesse war bei Neil längst geschwunden.

Er setzte seine Erkundung fort. Jenseits des Ganges war ein Badezimmer, ebenfalls sehr sauber. Der Kessel, der dort stand, war vermutlich benutzt worden, um heißes Wasser aus der Küche heraufzutragen. Die beste Lösung war es wohl, überlegte Neil, wenn sie beide ihre gegenwärtigen Häuser aufgäben und sich ein neues Haus suchten, in dem ein ganzes Zentralheizungssystem mit Flaschengas betrieben werden konnte. Er war ganz stolz, daß ihm dieser Gedanke gekommen war: Er konnte auch praktisch sein.

Die Tür zum nächsten Raum stand einen Spalt offen. Neil stieß sie auf. Die Vorhänge waren zugezogen, im Zimmer herrschte Dämmerlicht. Er sah ein gemachtes Bett mit weißen Laken . . . dann sah er den dunkleren, senkrechten Schatten, der mitten im Raum hing. Das Seil war an einer altertümlichen Messinglampe an der Decke befestigt; auf dem Fußboden lag ein umgestürzter Stuhl.

Er konnte gerade noch das Bad erreichen, bevor er sich übergeben mußte.

8

Später erinnerte Neil sich nicht mehr an die Rückfahrt nach Princes Gate, und er hatte nur noch eine undeutliche Vorstellung vom folgenden Abend. Er erinnerte sich an Teilnahmslosigkeit, an Frösteln und Müdigkeit. Er ging früh zu Bett und fragte sich, ob er sich vielleicht erkältet haben mochte.

Am Morgen waren zwar seine Gedanken klarer, doch Kopfschmerzen und Müdigkeit, ein bleiernes Gefühl, das Körper und Gedanken beschwerte, waren geblieben. Einen Vorrat an Arzneien hatte er sich bisher noch nicht angelegt. Er war ja immer gesund gewesen, und eine Apotheke war ganz in der Nähe und leicht zu erreichen. Zur Vorbeugung gegen Erkältungskrankheiten hatte sein Vater immer auf massive Vitamin-C-Stöße geschworen. Gerade wollte Neil aufstehen und zur Apotheke fahren, als ihm plötzlich ein Gedanke kam: Was immer ihm auch fehlen mochte – es war jedenfalls kein einfacher Schnupfen oder sonst eine normale menschliche Krankheit. Alle diese Krankheiten – nicht nur die Grippe, sondern auch Windpocken, Masern, Kinderlähmung und alle anderen waren mit dem Geschöpf zugrunde gegangen, das jahrtausendelang ihr Gastgeber und ihr Opfer gewesen war.

Den ganzen Tag und den größten Teil des nächsten Tages blieb er im Bett. Später wurde ihm klar, daß es sich gar nicht um eine Krankheit, sondern um einen Schock gehandelt hatte. Den hatte er gewiß nicht nur durch den Anblick des Erhängten bekommen, dessen Kopf schlaff zur Seite gehangen hatte, sondern durch das jähe Zerschellen aller Hoffnungen. Und um welche kurze Zeitspanne waren diese Hoffnungen gescheitert. Es konnte sich nur um Stunden gehandelt haben, sicherlich nicht mehr als vierundzwanzig. Als Neil den kalten Arm berührt hatte, tickte noch die Armbanduhr am Handgelenk. Hätte er den

Luftballon einen einzigen Tag früher gefunden, hätte er Princes Gate auch nur ein wenig früher verlassen . . .

Verzweiflung und Selbstvorwürfe wurden schließlich von einem anderen Gefühl überwunden: von der Neugier. In seinen Gedanken war ein Bild des Todes, das noch immer, trotz allem, was er seit der großen Krankheit erlebt hatte, Entsetzen auslösen konnte. Er brauchte unbedingt etwas, das mehr war als sein gegenwärtiges Leben. Der Tote war ein Junge in seinem eigenen Alter gewesen, der genau wie Neil überlebt und versucht hatte, in einer leeren Welt zu überleben. Neil wollte mehr über diesen Jungen erfahren, wollte anders an ihn denken können als nur an einen von der Decke herabhängenden Leichnam.

Der Gedanke, dorthin zurückzukehren, erschien ihm zunächst unerträglich, doch dann erinnerte sich Neil an etwas. Ehe er aus dem Hause geflohen war, hatte er das Tagebuch an sich genommen. Es mochte noch in der Tasche des Anoraks stecken.

Am Abend las Neil im Schein einer Kerze.

Die Schrift war so klar und genau, wie es die Zeichnungen gewesen waren, und die Gedanken waren mit gleicher Klarheit ausgedrückt. Der Junge war gerade dabei gewesen, Daniel Defoes »Tagebuch aus dem Pestjahr« zu lesen, als die große Krankheit ausgebrochen war, und diese Tatsache hatte ihn auf den Gedanken gebracht, ein Tagebuch zu führen.

Er hatte ein Internat im Westen des Landes besucht. Es hatte als eines der ersten den Unterricht eingestellt und die Schüler heimgeschickt. Und dieses Zuhause, stellte Neil überrascht fest, war das Haus, in dem er jetzt den toten Jungen gefunden hatte. Sein Vater hatte etwas mit der Schiffahrt zu tun gehabt, und außer seinen Eltern hatte der Junge noch einen Bruder gehabt, der an einer Universität studierte, und eine Schwester, die als Fotomodell arbeitete.

Es schien eine Familie gewesen zu sein, in der man sich gut verstand und eng zusammenhielt. Als die Krankheit ausgebrochen war, war man zusammengeblieben. Auch hier hatte man sich nicht mit Massengräbern abfinden können. Als zuerst die Mutter gestorben war, hatte man sie im Garten beerdigt. Die anderen waren dann der Reihe nach gestorben. Zuletzt hatte der Junge seinen Bruder beerdigt. Das alles war ganz ruhig aufgeschrieben, die Sätze verrieten keinerlei Gefühle. Die Erkenntnis des allmählichen, aber unaufhaltsamen Zerfalls jedoch war bedrückend. Neil verglich die Aufzeichnungen mit seinem eigenen Fall – dem plötzlichen, jähen Zugriff des Unheils. Er erkannte, um wieviel unerträglicher für den anderen Jungen alles gewesen sein muß-te; und zum erstenmal wurde ihm klar, daß alles, was an jenem regne-rischen Samstag geschehen war, für ihn auch ein Schutzschild gegen die späteren Ereignisse gebildet hatte. Er hatte geglaubt, genau zu begreifen, wie schrecklich alles war, doch es war nicht wirklich gewe-sen. Manches hatte schwer auf ihn eingewirkt, der Tod seiner Großel-tern zum Beispiel, oder das Sterben von Tommy und Susi. Aber selbst dann war der Schmerz für ihn noch gedämpft gewesen. Alle diese Ge-schehnisse waren nur wie aus einem Nebel herausgetreten, und der Ne-bel hatte sich schnell wieder hinter ihnen geschlossen.

Für Peter Cranbell – so lautete der Name auf der Innenseite des Um-schlages – hingegen hatte es ein langsames, aber beständiges Hinein-gleiten in den Schmerz und das Elend gegeben. Nach der Seite, die den Eintrag über den Tod seines Bruders enthielt, war eine Seite frei geblieben. Die nächsten Worte standen dann ganz allein auf einem Blatt für sich.

»Ich möchte sterben, aber ich kann es nicht.«

Danach wurde dann die Schilderung der täglichen Ereignisse wieder aufgenommen, sorgfältig geschrieben und datiert. Er war vor dem Ge-stank des Todes geflohen und hatte in einem Zelt in der Heide gelebt, war jedoch zurückgekehrt, bevor die Rattenplage begonnen hatte. Für einige Zeit, als das grauenhafte Geschehen mit den Tieren seinen Hö-hepunkt erreichte, hatte er sich im Hause verbarrikadiert, hatte sie jedoch von seinem Fenster aus beobachtet, hatte ihr schrilles, pfeifendes Geräusch gehört – war dann Zeuge des Blutbades geworden, als sie schließlich aufeinander losgingen. Auch danach war er noch einige Zeit im Hause geblieben und hatte sich nur hinausgewagt, wenn Lebensmittelmangel ihn dazu gezwungen hatte.

Peter Cranbell hatte offensichtlich viel Mühe und Nachdenken darauf verwandt, mit seinem Schicksal fertigzuwerden. Er war praktischer und methodischer als Neil gewesen, wohl auch einfallsreicher. Das wurde schon an seinem Plan deutlich, die Luftballons loszuschicken. Er hatte dafür einen windigen Tag gewählt, als der Wind von Nordwesten her wehte, hatte die Ballons dann vom oberen Flur des Hauses starten lassen und ihnen nachgeschaut, wie sie sich über den Dächern Londons verteilten.

Die Tagebucheintragung stammte vom 29. August. Neil hätte gar nicht gewußt, wie lange dieses Datum jetzt zurücklag, denn er selber hatte sich nicht darum bemüht, einen Überblick über den Zeitablauf zu behalten; aber der Rest des Tagebuches gab ihm darüber Aufschluß. Tag für Tag berichtete Peter knapp und präzise über alles, was er tat. Nachdem er den Start der Ballons beschrieben hatte, erwähnte er sie nicht mehr. Erst im vorletzten Eintrag hieß es:

»Genau zwei Monate sind vergangen, seitdem ich die Luftballons fliegen ließ. Es ist sinnlos, noch daran zu glauben, daß irgend jemand kommen wird. Ich denke, ich könnte es noch einmal mit einem zweiten Bündel versuchen, aber ich kann mich für diesen Gedanken nicht mehr begeistern.«

Und in der letzten Tagebucheintragung erwähnte er zum erstenmal seine Zeichnungen:

»Ich erinnere mich, was irgendein Schriftsteller auf die Frage geantwortet hat, ob ein wirklicher Schriftsteller auch dann noch schreiben würde, wenn er auf einer einsamen Insel gestrandet wäre. Wahrscheinlich ja, antwortete er, aber nur dann, wenn er sicher wäre, daß die Tinte nicht verblassen könnte, und wenn er die Hoffnung behielte, daß eines Tages Menschen auf seine Insel kämen, die lesen könnten.

Er meinte, daß man zwar ohne ein Publikum auskommen kann, nicht aber ohne die Hoffnung auf ein Publikum zu irgendeiner Zeit. Als ich heute morgen zu meinem Spaziergang aufbrach, habe ich wie gewöhnlich meinen Skizzenblock mitgenommen, habe ihn aber ungeöffnet zurückgebracht. Es hat keinen Sinn mehr, noch weiter Dinge aufzuzeichnen.

Es hat keinen Sinn mehr, noch länger weiterzumachen.«

Neil schloß das Buch, dann saß er da und starrte es an. Peter Cranbell hatte sein neues Leben gut organisiert, viel besser und gründlicher als Neil es getan hatte. Die Kerzenflamme flackerte von einem Spalt im Fenster, den zu schließen Neil sich schon seit ein paar Wochen vorgenommen hatte. Peter Cranbell hätte das längst in Ordnung gebracht. Peter Cranbell hatte übrigens auch nicht mit Kerzen auskommen müssen. Er hatte nicht nur Lampen gefunden, sondern auch das Öl dafür.

Dann hatte er mit derselben überlegenen Ruhe entschieden, daß es sich nicht lohne, dieses neue, von ihm so gut organisierte Leben fortzusetzen. Und dann war er praktisch darangegangen, seinen eigenen Tod vorzubereiten.

Neil blickte schaudernd zur Lampe hinauf. Die Schlinge sorgfältig um den Hals legen . . . den Stuhl umstoßen . . . niemals könnte er sich selbst dazu überwinden. Aber es gab ja auch andere, leichtere Methoden. Eine Apotheke . . . die richtigen Tabletten finden, sie schlucken und sich dann ganz einfach zum Schlafen niederlegen. Er fühlte sich sehr müde, und der Gedanke an den Schlaf war verlockend . . . ein Schlaf, der immer länger und länger anhielt, ohne daß immer neue Tage voller Einsamkeit nachdrängten. Während er auf sein Bett zuging, streifte er schon die Kleider ab und ließ sie zu Boden fallen.

Er schlief fest und wachte am Morgen mit einem Gefühl der Niedergeschlagenheit auf, das zunächst keinen eigentlichen Grund hatte. Erst nach ein paar Augenblicken erinnerte er sich an Peter Cranbell und an den Entschluß, den er gefaßt hatte, oder wenigstens glaubte, gefaßt zu haben. Im grauen Morgenlicht sah er seine über den Fußboden verstreuten Kleider. Peter Cranbell, dachte er, hätte sie bestimmt säuberlich aufgehängt, ganz gleich, wie müde er auch gewesen wäre.

Neil streckte die Arme aus und gähnte. Das düstere Gefühl verging. Sein Leben war zwar viel weniger ordentlich, als es das des anderen gewesen war, aber vielleicht war Neil gerade deswegen noch nicht am Ende seiner Möglichkeiten angelangt, hatte er noch nicht die letzte Hoffnung verloren. Die Apotheke hatte jedenfalls jede Anziehungskraft verloren.

Er ging hinaus, um sich zu waschen, und er merkte, daß er vor sich hin pfiff. Er schwieg, dachte an Peter Cranbell, zuckte dann die Achseln und pfiff weiter.

Im Laufe der Tage verfiel Neil wieder ganz in seine bisherigen Gewohnheiten. Er hatte die unklare Absicht, irgend etwas Konstruktives zu tun, zum Beispiel eine eigene Ballonbotschaft auszusenden oder eine Fahne an seinem Haus oder einem nahegelegenen, auffälligen Punkt anzubringen. Er dachte auch daran, zur Straße hinaus ständig ein Signalfeuer zu unterhalten, vielleicht auch draußen im Park.

Am Ende tat er nichts. Er sagte sich, daß er es auch lassen könne, weil es sich ja doch nur um vergebliche Mühe handeln würde. Bei Peter Cranbell hatten weder Ballons noch Plakate etwas genützt, und ein Lichtsignal würde höchstwahrscheinlich keinerlei Aufmerksamkeit erregen. Fast immer waren irgendwo am Horizont die Rauchsäulen selbstentzündeter Feuer zu sehen.

Der eigentliche Grund für sein Nichtstun war jedoch, wie ihm endlich klar wurde, daß er mit jeder Handlung neue Hoffnungen in Gang setzen würde und er den Gedanken an eine neuerliche Enttäuschung nicht ertragen konnte. Freilich glaubte er nicht mehr, der einzige Überlebende zu sein. Wenn drei die Krankheit überstanden hatten, warum dann nicht auch dreißig oder dreihundert? Aber von den beiden, die er gefunden hatte, war der eine tot, der andere verrückt gewesen. Er empfand eine undeutliche Angst bei dem Gedanken, was wohl bei einer dritten Begegnung herauskommen würde.

Nachdem er sich gerade in Princes Gate eingerichtet hatte, war er mehrmals auf der Suche nach Vorräten durch Harrods gestreift. Danach war er immer in die andere Richtung, nach Kensington High Street, gegangen, und daraus war – wie aus einer ganzen Reihe anderer Dinge seines Lebens – eine feststehende Routine geworden. Seit über einem Monat war er nicht mehr in den großen Warenhäusern gewesen, als er an einem kühlen Morgen beschloß, sie wieder einmal aufzusuchen.

Die Lebensmittelabteilung war zwar sein Hauptziel, doch er ging nicht sofort dorthin. Er stieg die Rolltreppe, die längst außer Betrieb war, zum ersten Stock hinauf, leuchtete mit der Taschenlampe vor sich und durchquerte die Möbelabteilung. Manche der Möbel sahen verlockend aus: besonders ein Ledersofa wäre eine Bereicherung seines Wohnzimmers gewesen. Aber das hätte er allein nicht einmal anheben, viel weniger noch transportieren können. Dann hob er einen kleinen Sessel an und fand, daß er den zur Not mitnehmen könnte. Aber dann stellte er ihn wieder ab. Es war nicht der Mühe wert.

Er sah die Bücher durch, die in langen Reihen standen und Staub ansammelten. Er legte die Lampe auf einen Tisch und griff wahllos einige Bücher heraus. »Politik für den Staatsbürger«, »Jedermann sein eigener Rechtswanwalt« . . . Neil ließ sie zu Boden fallen. »Kochen mit dem Büchsenöffner«, das war schon zweckmäßiger. Er steckte es in den Rucksack.

Und dann ein Regal nach dem anderen mit Romanen . . . Gedanken von Menschen über andere Menschen, die durch komplizierte Produktionsmethoden für wieder andere Menschen lesbar gemacht worden waren. Eine Abteilung enthielt Science fiction: Hunderte und Aberhunderte von abenteuerlichen Zukunftsvisionen für die Menschheit. Keine von ihnen war Wirklichkeit geworden bis auf eine. Oder bis auf gar keine. Aber wenn man das ein wenig gelassener betrachtete, fand Neil, gab es dafür auch Vorteile. Zum Beispiel brauchten jetzt nicht mehr so viele Wälder abgeholzt zu werden, um Papier zu produzieren.

In der Tierhandlung sah er Futter, Kauknochen für Hunde und Katzenkörbchen ausgestellt, Gummibälle und Vitaminpräparate, Bürsten, Kämme, Shampoos, Leinen, Ketten und Hundepfeifen. Die von den Ratten vertriebenen Hunde tauchten allmählich wieder auf. Ein Rudel von einem Dutzend hechelnder und bellender Hunde war am Vortage an Neils Haus vorbeigelaufen. Sie sahen sehr viel verwilderter aus als jene, die er unmittelbar nach der Krankheit gesehen hatte. Es schien ihm zweifelhaft, ob eine Hundepfeife bei ihnen noch irgend etwas ausrichten konnte.

In einem großen Raum fiel der Lichtstrahl seiner Taschenlampe auf einen toten Bildschirm nach dem anderen. Fernsehapparate und komplizierte Phonoanlagen standen an den Wänden aufgereiht. Neil ging zu den Klavieren hinüber, jenen kräftigeren und freundlicheren Umrissen, die sich in der Dunkelheit verloren. Er erinnerte sich an Winterabende, an denen Amanda geübt hatte, während er an seinen Schularbeiten gesessen hatte. Ein Klavierdeckel war geöffnet. Neil schlug ein paar Tasten an. Töne erklangen und erstarben wieder. Als kleiner Junge hatte er auch mit dem Klavierspielen angefangen, aber es hatte ihn gelangweilt, und seine Eltern hatten nicht darauf bestanden, daß er dabei blieb. Er bedauerte es jetzt. Es wäre schön gewesen, Musik machen zu können.

Endlich ging er die Treppe hinunter in die Lebensmittelabteilung. Der Geruch der verdorbenen Nahrungsmittel war nur noch schwach wahrnehmbar. Bisher hatte Neil sich an einen ziemlich begrenzten Speisezettel gehalten und nur zwischen Dingen abgewechselt, die er besonders gern aß, aber heute war ihm danach zumute, einmal etwas exotischere Dinge zu probieren. Wachteleier in Aspik, Bärenkopfsülze, Hirschsteaks, Bocksbart, Sauerkraut ... Er nahm auch ein paar Büchsen mit Känguruh- und Klapperschlangenfleisch, aber die stellte er dann doch wieder in das Regal zurück. Kirschen in Branntwein schienen ihm hingegen mitnehmenswert.

Büchsen mit Currypulver ... Sein Großvater hatte Curry besonders

gern gegessen. Dienstags hatte es meistens Lammfleisch in Curry gegeben. Er nahm die Büchse und versuchte, sich daran zu erinnern, wie die
Großmutter das Lammfleisch zubereitet hatte. Dunkel erinnerte er sich
daran, daß Zwiebelscheiben in goldgelber Butter gebrutzelt hatten,
dann war das Currypulver zum Bräunen hinzugetan worden. Aber
wieviel? Ein Teelöffel? Ein Eßlöffel? Und hatte nicht auch Mehl da-
zugehört? Er hatte zwar keine Butter, dafür aber reichlich Margarine
in gut verschlossenen Packungen. Er beschloß, einen Versuch zu unternehmen, und packte die Currybüchse zum Übrigen.

Es war genug für heute, fand er. Den Rückweg trat er auf einem un-
vertrauten Weg an. Dabei kam er durch die Kosmetikabteilung. Das
Licht seiner Taschenlampe ließ Namen aus der Dunkelheit auftauchen,
die einmal ihre Bedeutung gehabt hatten: Coty, Elizabeth Arden, Ro-
chas, Dior, Rubinstein. Auf kleinen Ladentischen standen Tiegel,
Schachteln und Lippenstiftständer. Auf einem Tisch war die Ausstel-
lung umgestürzt, die Waren lagen über den Boden verstreut. Neil ging
um dieses Durcheinander herum, als etwas ganz am Rande des Licht-
scheins seine Aufmerksamkeit erregte. Er blieb stehen und schaute
genauer hin. Eine Flasche war zerbrochen und hatte einen großen weißen Fleck hinterlassen. Und mitten in diesem weißen Fleck . . . war ein
Fußabdruck zu erkennen.

Neil sagte sich, daß dieser Abdruck gar nichts bedeuten mußte. Er
konnte schon Monate alt sein. Vielleicht hatte zur Zeit der Krankheit
eine Frau hier etwas gesucht, das die Falten aus ihrem Gesicht vertreiben könnte, und vielleicht hatte sie verzweifelt und verärgert alles zu
Boden gerissen. Doch als Neil den Abdruck genauer prüfte, bemerkte
er etwas anderes. Diese weiße Substanz – er berührte sie vorsichtig mit
dem Zeigefinger – war klebrig. Wäre sie schon vor langer Zeit ver-
schüttet worden, dann wäre sie inzwischen sicherlich eingetrocknet.
Und die Oberfläche war schneeweiß. Der Staub, der sonst alles mit einer dicken Schicht überzog, hatte sich noch nicht darauf angesammelt.

Neil richtete sich auf. Es war jemand hier gewesen und zwar erst kürz-

lich. Ein Mädchen. Es war der Abdruck eines Mädchenschuhs, einige Größen kleiner als ein eigener. Er spürte, wie sein Herz klopfte, und plötzlich hörte er, daß er, ganz ohne es zu wollen, rief: »Hallo! Hallo!«
Während er dem Widerhall lauschte, kam er sich dumm vor, aber minutenlang rief er immer wieder und wieder.

Dann dachte er mit kühlerem Kopf nach und plante, was geschehen müsse. Bisher hatte er stets den Eingang an der Nordwest-Ecke benutzt, aber möglicherweise gab es auch andere Ein- und Ausgänge. Er schaute genau nach und stellte fest, daß der Haupteingang an der Brompton Road ebenfalls aufgebrochen war, die anderen Eingänge hingegen waren verschlossen. Er suchte die Schreibwarenabteilung, fand zwei weiße Kartons und einen schwarzen Filzschreiber. Damit schrieb er auf beide Kartons:

»ICH HEISSE NEIL MILLER. ICH WOHNE PRINCES GATE 170.«

Einen Augenblick dachte er nach, dann setzte er noch hinzu:

»GEGENÜBER VOM HYDE-PARK.«

Jede dieser Tafeln brachte er dann unübersehbar an einem der beiden Eingänge an. Er blieb noch eine Stunde oder zwei in der Nähe des Warenhauses; es war unwahrscheinlich, daß das Mädchen schon so bald wiederkommen würde, trotzdem zögerte Neil, einfach wegzugehen. Endlich trieb ihn der Hunger dazu.
Neil dachte nach, während er sein Essen zubereitete. Bisher hatte er sich eigentlich vorgestellt, wenn er jemals wieder einen lebenden Menschen fände, dann würde es auch ein Junge sein. Das lag wahrscheinlich an dem eingefleischten Vorurteil, Mädchen seien schwächer, so

daß unter so ungünstigen Bedingungen nur männliche Wesen überleben könnten.

Es gab jedoch keinerlei vernünftigen Grund für eine solche Annahme. Nichts hatte darauf hingedeutet, daß Frauen für die Krankheit anfälliger gewesen wären als Männer – der einzige geringfügige Unterschied hatte in der Widerstandskraft der verschiedenen Altersgruppen bestanden. Und die Lebensbedingungen nach der Krankheit waren zwar sehr ungewöhnlich, keineswegs aber besonders hart und gefährlich gewesen, sie hatten keinerlei besonderen Kräfte erfordert. Nachdem die Rattenplage ihren Höhepunkt erreicht hatte und dann zu Ende gegangen war, kam es nur noch darauf an, daß man halbwegs in der Lage war, für sich selber zu sorgen. Und in dieser Hinsicht war ein Mädchen vielleicht sogar besser vorbereitet.

Hinzu kam freilich, dachte Neil, als ihm Peter Cranbell einfiel, die Fähigkeit, die Einsamkeit zu ertragen. Er selbst verspürte sie jetzt viel heftiger als vorher. Der Gedanke an einen anderen lebenden Menschen, der vielleicht ganz nahe war, verstärkte das Gefühl des Alleinseins, nicht nur allein in diesem Zimmer, in diesem Haus, sondern allein inmitten Tausender von Häusern ringsum.

Er fragte sich, wie sie wohl sein mochte. Der kleine Fußabdruck ließ ihn an ein sehr schlankes Mädchen denken, schmal und mit schnellen Bewegungen. Mit blondem Haar, lang, aber sehr ordentlich, vielleicht zu Zöpfen geflochten. Aber keine blauen Augen, sondern braune. Und eine ruhige Stimme mit einem ganz leisen Lispeln.

Neil merkte, daß er lächelte. Allein auf einen Fußabdruck angewiesen, ein Mädchen bis auf Haarfarbe, Augen und Stimme zu erschaffen: wie lächerlich! Aber lächerlich oder nicht – das Bild ließ sich nicht leicht verdrängen. Er dachte an sie, als er schlafen ging, und er sah sie ganz deutlich vor sich. Sie trug ein hellblaues Kleid mit einem weißen Kragen.

An den nächsten beiden Tagen ging er morgens und nachmittags nach

Harrods. Die Inschriften waren noch da, wo er sie angebracht hatte. Wenn er rief, blieb er ohne Antwort. Bei seinem zweiten Besuch am dritten Tag jedoch war sein Anschlag am Haupteingang verschwunden.

Neil starrte die Stelle an, wo das Plakat gehangen hatte. Am Vortage war er noch einmal in die Kosmetikabteilung gegangen, um sich zu vergewissern, daß der Fußabdruck tatsächlich da war, aber trotzdem erschien ihm alles inzwischen ganz unwirklich. Es fiel ihm schwer, an die Existenz der Fremden zu glauben. Und falls es sie gab, hatte sie dieses Warenhaus vielleicht nur zufällig besucht und kam niemals wieder hierher. Aber sie war wiedergekommen! und als ihm diese Tatsache klar wurde, rief er abermals: »Hallo! Wo bist du? Hallo . . . hallo!«

Dann schwieg er. Nachdem sie das Schild entdeckt hatte, war sie doch sehr wahrscheinlich zur Princes Gate gegangen, um nach ihm zu suchen. Er eilte nach Hause, rannte fast den ganzen Weg. Schon vor dem Haus rief er sie, dann lief er hinein, eilte durch alle Räume. Niemand war da, auch keine Nachricht. Vielleicht hatte er sie überholt, sagte er sich und schaute aus dem Fenster. Vögel flatterten durch die Luft, und einmal sah er eine Ratte, die vorbeihuschte. Weiter nichts.

Er wartete noch eine Stunde. Dann kam ihm ein anderer Gedanke. Vielleicht war sie hier gewesen, hatte ihn nicht vorgefunden und war wieder zum Warenhaus gelaufen. Vielleicht hatte sie dort eine Nachricht hinterlassen, wo sie die seine gefunden hatte. Er ging den Weg noch einmal, fand jedoch nichts, er rief und wußte doch im voraus, daß es vergeblich sein würde.

Am Abend hatte er viel nachzudenken. Sie hatte seine Botschaft an sich genommen, doch sie hatte nicht darauf geantwortet. Dafür konnte es eine Erklärung geben: ihr war etwas passiert. Aber mit der Möglichkeit, daß sie einfach keinen Kontakt mit ihm aufnehmen wollte, mochte Neil sich nicht abfinden. Ob sie es wollte oder nicht – sie mußten sich treffen.

Neil erwog sorgsam alle Informationen, die er besaß. Da sie ein zweites Mal in das Warenhaus gekommen war, konnte man kaum vermuten, daß sie nur auf der Durchreise gewesen war. Ein Motorengeräusch hatte er nicht gehört – und das hätte er diesmal bestimmt, denn er hatte aufgepaßt. Das bedeutete, daß sie wahrscheinlich zu Fuß unterwegs war. Dann war es aber auch fast sicher, daß sie im Umkreis von höchstens ein paar Meilen um das Warenhaus lebte. Er war ganz zuversichtlich, daß er sie finden würde.

Früh am nächsten Morgen begann er die Suche, und er fuhr den ganzen Tag herum. Dabei wurde ihm noch deutlicher als zuvor, wie riesig London war. Außerdem fiel ihm ein, daß er eine andere Möglichkeit übersehen hatte, was ihre Transportart anbelangte. Sie konnte auch ein Fahrrad haben, und dann wuchs ihr Bewegungsradius erheblich.

Nachdem er darüber nachgedacht hatte, kam ihm eine Idee, die er für glänzend hielt. Er dachte an die Läutezeichen der Alarmanlage. Sie waren freilich auf Elektrizität angewiesen gewesen und jetzt ganz sinnlos. Aber es gab noch etwas anderes, wozu man keinen elektrischen Strom brauchte, und das über ein viel weiteres Gebiet hinweg hörbar sein mußte.

Die erste Kirche, die er fand, war mit einem elektrischen Läutesystem ausgestattet, doch in der zweiten gab es Glockenseile. Er zog an einem davon und hörte die Glocke hoch über sich anschlagen. Er läutete und läutete, zog an dem Seil, bis seine Arme schmerzten; dann fand er einen Schemel und setzte sich. Spatzen hatten vor ihm den Weg in die Kirche gefunden und tschilpten im Gebälk. Neil hielt sich die schmerzende Schulter, und ihm wurde klar, was für ein Narr er gewesen war. Seine Idee war einfach absurd gewesen. Wenn sie nicht gekommen war, nachdem sie die Inschrift gelesen hatte, warum sollte sie dann kommen, weil die Glocken läuteten?

Auch etwas anderes war klar. Das Plakat war ein Fehler gewesen. Jetzt hatte sie ihn ganz sicher straßenweit gehört. Wenn er sie aber wirklich aufspüren wollte, dann mußte er leise zu Werke gehen.

Neil dachte an die riesige Fläche voller dicht verflochtener Straßen, dieses weite Gebiet in bequemer Radfahrentfernung um das Warenhaus. Es mußte eine Möglichkeit geben, dieses Gebiet einzugrenzen. Dabei mußte er bedenken, daß sie vor den gleichen Problemen gestanden hatte wie er, also würde sie wohl auch zu ähnlichen Lösungen gelangt sein. Er hatte Princes Gate gewählt, weil es dort genügend frische Luft gab und frisches Wasser leicht zu erreichen war. Gab es eine andere Umgebung, die ähnliche Bedingungen bot?

Er brauchte nicht lange nachzudenken: die Lösung war offensichtlich. Der beste Wasservorrat, besser als die Serpentine, war die Themse. Und am Flußufer in Chelsea gab es sehr bequeme Wohnhäuser. Auf dieses Gebiet mußte er seine Suche konzentrieren.

Neil packte Verpflegungsrationen für mehrere Tage und Reservebatterien für seine Taschenlampe ein. Dann suchte er seine derbsten Schuhe hervor, tauschte sie aber nach einigem Nachdenken gegen ein anderes Paar mit weichen Kreppsohlen ein. Es war nicht zu kalt, ein trübes, aber mildes Wetter, doch er packte auch noch einen Pullover ein, weil er für eine lange Expedition ausgerüstet sein wollte.

Als er durch das Museumsgebiet von South Kensington kam, erinnerte er sich an die Samstagnachmittage und an Eiswaffeln, die man am Wagen kaufte. Die Gullis waren vollgestopft, die Zugänge an den Untergrundbahn-Stationen, an denen sonst die Zeitungsjungen ihre Schlagzeilen ausgerufen hatten, waren unter einer dichten Schicht von Schmutz und Gerümpel verborgen. Neil streifte weiter zum Sloane Square und zur King's Road. Hinter einer schmutzigen Schaufensterscheibe standen Puppen wie in gymnastischen Übungen erstarrt. Ein Plakat verkündete: Das ist der Schlager des Jahres!

Das große Wohnhaus direkt am Fluß kam ihm am geeignetsten vor, und Neil ging darauf zu. Aber es gab so unglaublich viele Häuser und so viele, einst von lebhaftem Verkehr erfüllte Straßen. Er betrachtete jedes Haus, an dem er vorüberging, und suchte nach Anzeichen dafür, daß es bewohnt war. Wenn das Mädchen anderen Menschen aus dem

Wege ging, dann hatte sie sich wahrscheinlich auch bemüht, keinerlei Spuren zu hinterlassen, aber irgend etwas konnte sie doch verraten. Einmal glaubte Neil, auf der richtigen Fährte zu sein, als er einen schmalen Pfad sah, der über einen schmalen ehemaligen Rasen verlief. Aber der Pfad führte nur bis zu einem Loch vor einer Mauer. Wahrscheinlich war es ein Fuchsbau.

Neil aß etwas und forschte dann entschlossen weiter, bis die Dunkelheit anbrach, dann suchte er einen Platz zum Übernachten. Er blieb in einem großen Wohnzimmer in einem Erdgeschoß. Es gab dort eine bequeme Couch. Auf einem altmodischen Kaminsims standen Familienfotos in silbernen Rahmen. Aber sie interessierten ihn nicht mehr.

Drei weitere Tage ergebnislosen Umherstreifens folgten. Neil war entmutigt und dachte darüber nach, ob er möglicherweise von ganz falschen Voraussetzungen ausgegangen sein könnte. Vielleicht hatte das Mädchen gar nicht an frisches Wasser gedacht, oder sie hatte ihre Wohnung an einem anderen Teil des Flusses genommen. Vielleicht am Südufer, obwohl die Häuser dort kleiner und weniger vornehm waren.

Und dann gab es plötzlich eine große Wende. Er hatte die Vorräte in seinem Rucksack aufgebraucht und dachte daran, wieder nach Hause zu gehen, fand dann aber doch, daß es leichter sein würde, sich einfach gleich in der Nähe wieder neu zu verproviantieren. Er ging zum nächstgelegenen Supermarkt an der King's Road und brach eine Tür auf. Es gab hier reichlich Lebensmittel, aber es war auch zu sehen, daß manche Regale schon abgeräumt worden waren. Neil sah genauer nach und fand Anzeichen dafür, daß erst kürzlich ein Mensch hier gewesen sein mußte. Die Staubschicht auf Fußboden und Regalen war an manchen Stellen unterbrochen.

Diesen Spuren ging Neil nach. Sie führten nicht zu der Tür, durch die er in den Supermarkt eingedrungen war, sondern in den hinteren Teil des Gebäudes. Ein Hof wurde von einem Eisentor begrenzt. Das Tor war verriegelt, doch die Kette mit einer Zange durchgekniffen.

Von diesem Augenblick an brauchte Neil nur noch zu warten. Er fand auf der anderen Straßenseite ein Zimmer im Obergeschoß, von dem aus er das eiserne Tor im Auge behalten konnte, zog einen Stuhl ans Fenster und setzte sich. Dann starrte er hinüber den ganzen Tag und auch noch den größten Teil des nächsten Tages.

Trotzdem verpaßte er sie. Wahrscheinlich war sie in den Supermarkt gegangen, als Neil im Bad gewesen war. Er schaute zum Tor hinüber, und ihm fiel etwas auf, was er vorher nicht gesehen hatte: ein altmodisches Damenfahrrad mit einem Korb an der Lenkstange. Ein Stück neben dem Tor lehnte es an der Mauer.

Neil rannte die Treppe hinunter. Das Mädchen bestieg gerade das Fahrrad, als er aus der Haustür gelaufen kam. Er rief nicht, sondern rannte nur auf sie zu.

Sie hörte ihn, und ohne sich umzuschauen, raste sie los. Wäre sie zwei oder drei Sekunden früher losgefahren, dann hätte sie genügend Vorsprung gewonnen, so aber kam Neil nahe genug heran, um den Gepäckträger packen zu können. Das Metall schnitt ihm in die Finger, und ein rückwärts stoßender Fuß traf seinen Arm, aber er hielt fest. Das Fahrrad schwankte, das Mädchen stürzte.

9

Neil gab sich die größte Mühe, seine Stimme ganz beiläufig klingen zu lassen, als er sagte: »Oh, das tut mir leid . . . Ist alles in Ordnung?«

Die Gestalt auf dem Boden antwortete nicht. Er glaubte nicht, daß sie sich verletzt hatte, aber der Sturz mochte ihr erst einmal die Luft genommen haben. Er beugte sich über sie und griff nach ihrem Arm. »Laß mich dir helfen!«

Sie schüttelte seine Hand ab und stand allein auf. Erst als sie stand, konnte er sie richtig sehen. Dichtes, helles Haar war aus einem spitzen Gesicht unter eine Mütze zurückgestrichen. Das Mädchen, dessen Figur in dem dicken Mantel und den unförmigen Hosen nicht zu erkennen war, schien so groß wie er selber zu sein. Und dann stellte Neil enttäuscht fest, daß es sich gar nicht um ein Mädchen, sondern um einen Jungen handelte.

»Alles in Ordnung?« wiederholte er.

Das Gesicht blieb unbewegt.

»Tut mir leid, wenn ich dich erschreckt habe.«

Sie schauten einander an. Endlich erklärte der andere achselzuckend: »Mir fehlt nichts.«

Die leise Stimme mit ihrem etwas nördlichen Akzent klang weiblich. Und jetzt erkannte Neil auch, daß es sich doch um die Figur eines Mädchens handelte, wenn auch eines ganz anderen als jenes, das er sich in Gedanken ausgemalt hatte.

Aber zumindest war sie ein menschliches Wesen. Neils Lächeln sollte beruhigend wirken. Sie war mißtrauisch und verschüchtert. Möglicherweise hatte sie dafür gute Gründe. Jede plötzliche Begegnung hätte sie erschrecken müssen, ganz zu schweigen von dieser Verfolgung mit dem anschließenden Sturz.

»Wo wohnst du?« fragte er.

Sie zögerte ein wenig. »In Chelsea.«

Dosen und Pakete waren aus ihrem Korb gefallen. Neil sammelte sie ein und richtete das Fahrrad auf, während sie ihm zusah. Er hielt das Fahrrad fest und sagte: »Ich heiße Neil Miller. Und du?«

Sie schaute ihn voller Zweifel an. »Docket. Billie Docket.«

»Ich bringe dich nach Hause, Billie.«

Ihr Gesicht spannte sich. »Nein.«

»Hör mal«, sagte er, »ich tue dir doch nichts. Gar nichts. Ich weiß schon, daß für dich alles ziemlich schwer gewesen sein wird. Aber es kann alles noch viel schlimmer kommen. Es ist doch nur vernünftig, einander zu helfen.«

Sie schüttelte den Kopf. »Ich brauche keine Hilfe.«

Die Ablehnung war nicht zu überhören, aber Neil ließ nicht locker. Er lächelte sie an und spürte, daß sein Lächeln unnatürlich wirkte, aber er behielt es bei und sagte entschieden: »Ich komme mit dir!«

Sie gab noch nicht nach, schien sich aber in das Unvermeidliche zu fügen. Sie nickte und ging los. Neil schob das Fahrrad neben ihr her. Seine Versuche, ein Gespräch zu führen, waren wenig erfolgreich. Auf direkte Fragen gab sie knappe, abweisende Antworten. Nein, sie sei nicht die ganze Zeit in London gewesen. Woher sie gekommen sei? Aus Derby. Und wann sei sie nach London gekommen? Vor einer Weile. Hatte sie andere Überlebende getroffen? Ein Blick, ein Achselzucken. Nein.

Er hatte das Gefühl, daß sie damit nicht die Wahrheit sagte, aber wenn sie etwas verbarg, dann wollte sie eben nicht darüber sprechen. Wahrscheinlich war es etwas Unangenehmes. Sicher war es nicht gut, sie weiter zu drängen. Er fragte nicht weiter, sondern sprach von seinen eigenen Erlebnissen. Sie blieb stumm und scheinbar uninteressiert. Es sah gar nicht so aus, als würde sie eine anregende oder angenehme Gesellschaft zu bieten haben. Aber wenigstens war sie lebendig. Er erzählte ihr von dem Luftballon und davon, wie er Peter Cranbells Leiche gefunden hatte.

Sie gab dazu keinen Kommentar, aber plötzlich sagte sie: »Ich möchte hier hineingehen.«

Auf dem Schild stand »Damen«. Neil sah sie hineingehen, lehnte das Fahrrad gegen die Wand und schaute die Straße hinunter. Im Dämmerlicht des trüben Nachmittags sah sie fast normal aus. Aber im nächsten Jahr, wenn der Frühling kam, würde das anders sein. Wie lange würde es wohl dauern, bis die Bäumchen, die sich überall im Boden um Halt bemühten, bis zu den Dächern reichten?

Selbstverständlich war es sehr still; an diese Stille war Neil gewöhnt. Das Geräusch war nur sehr schwach, doch es entging ihm nicht. Er eilte um das Toilettenhäuschen herum. Ein Fenster war geöffnet, und sie hatte sich schon halb herausgezwängt. Schweigend starrten sie einander an, dann ließ sie sich nach innen zurückfallen und kam zu der Tür wieder heraus, durch die sie hineingegangen war.

Neil sagte: »Ich werde dich wirklich nicht angreifen oder sonst irgend etwas. Das glaubst du mir doch, nicht wahr?«

Sie antwortete nicht, und er beharrte nicht auf einer Antwort. Wortlos gingen sie nebeneinander. Er versuchte, Klarheit über sie zu gewinnen. Offenbar hatte sie Angst vor ihm, obgleich das nicht zu dem Eindruck paßte, den sie machte. Er mußte sehr geduldig sein, wenn er sie verstehen wollte.

Sie waren jetzt in Chelsea und gingen durch die Straßen, die er ergebnislos durchforscht hatte. Dies hier war eine Straße wie alle anderen. Neil meinte, daß eine Veränderung an dem Mädchen spürbar geworden sei, eine Art zusätzlicher Spannung. Erst wurde sie langsamer, dann ging sie wieder schneller. Schon meinte er, sie würde gleich wieder versuchen, ihm auszureißen, deshalb packte er das Fahrrad fester.

Aber das Mädchen blieb plötzlich stehen, als eine Stimme rief: »Billie!«

Die Stimme kam aus dem Haus, an dem sie gerade vorübergegangen waren.

Neil sah, daß sich ein anderes Mädchen aus dem oberen Fenster lehnte und winkte. Er wandte sich an Billie. »Hast du nicht gesagt, du wärest keinem Menschen begegnet?«

Sie antwortete nicht, sondern drehte sich um und ging zu dem Haus zurück. Neil folgte ihr mit dem Fahrrad. Es war kein Wunder, daß er vorher an dem Haus vorbeigegangen war, ohne etwas zu bemerken. Nichts deutete darauf hin, daß hier jemand wohnte. Über den Weg und die Stufen vor der Haustür waren sorgsam Blätter verstreut worden. Sie boten eine gute Tarnung.

Billie öffnete die Tür und trat ins Haus. Neil blieb ihr dicht auf den Fersen, damit sie ihm nicht etwa die Tür vor der Nase zuschlagen und ihn aussperren konnte; aber sie achtete jetzt nur auf die schlanke Gestalt, die die Treppe heruntergelaufen kam.

»Ich konnte gar nicht begreifen, warum du vorbeigegangen bist.« Das andere Mädchen blieb stehen und schaute über Billies Schulter hinweg Neil an. »Wer ist das?«

Der Hausflur war nur durch ein kleines Oberlicht über der Haustür erhellt, deshalb war nicht deutlich zu erkennen, wie das Mädchen aussah. Sie war kleiner als Billie, wahrscheinlich etwas jünger, und Neil wußte sofort, daß die Fußspur, die er gesehen hatte, von ihr stammen mußte. Ihre Stimme klang heller und lebhafter als die von Billie.

Da Billie die Frage nicht gleich beantwortete, tat er es an ihrer Stelle.

»Ich bin Neil Miller und habe sie vor dem Supermarkt getroffen.«

Sie betrachtete ihn eingehend, doch er hatte nicht den gleichen Eindruck von Feindseligkeit wie vorhin bei Billie. Sie fragte: »Hast du die Glocken geläutet?«

»Ja.«

Daraufhin entstand ein Schweigen. Ihr Blick war noch immer prüfend, als er sagte: »Ich bin nicht gefährlich, das verspreche ich.«

»Du siehst auch nicht gefährlich aus.« Sie schwieg wieder. »Ich bin Lucy Stephens. Bleib doch nicht hier stehen, komm lieber mit hinauf.«

Er folgte den beiden Mädchen in den ersten Stock. Lucy ging voraus in ein Wohnzimmer. Es war der Raum, aus dessen Fenster sie gewinkt hatte. Hier war es heller als unten im Flur, obwohl es jetzt draußen schon dämmerte. Lucy zog die Vorhänge zu. Sie waren aus einem sehr dicken Stoff, und Neil bemerkte, daß sie sorgsam darauf achtete, daß kein Lichtstrahl nach außen dringen konnte. Es war völlig dunkel, bis Lucy eine Taschenlampe einschaltete und dann noch weitere, die über das ganze Zimmer verteilt waren. Sie waren mit hübschen Schirmen versehen.

Als sie damit fertig war, fragte sie: »Eine Tasse Tee?«

Neil nickte. »Danke!«

Auf dem Herd stand ein Kocher. Sie bückte sich und zündete ihn an. Neil hatte ein ganz seltsames Gefühl, während er ihr zuschaute. Es war eine Art ruhiger Aufregung, eine so große Neugierde, daß sie an seinen Nerven zu zerren schien, gleichzeitig aber eine seltsame Mischung aus Furcht und Kühnheit.

Im Lampenlicht konnte er sie jetzt besser sehen. Zuerst hatte er geglaubt, daß sie ein schmales Gesicht hätte, doch dann stellte er fest, daß das nicht ganz stimmte. Über den schmalen Wangen waren die Backenknochen ziemlich breit. Die Stirn war hoch, die Nase klein und ein wenig stupsig. Während sie sich mit dem Kocher abmühte, biß sie sich auf die Unterlippe. Ihre Zähne waren ebenmäßig und sehr weiß. Abgesehen davon, daß sie schlank war, ähnelte sie durchaus nicht dem Mädchen, das er sich vorgestellt hatte. Ihre Augen waren weder blau noch braun, sondern haselnußfarben, und ihr Haar war von einem dunklen, fast schwarzen Braun und an den Enden ein wenig lockig.

Sie fragte Billie: »Hast du an die Teebeutel gedacht?«

»Ja.«

»Hast du alles noch im Fahrradkorb? Dann sei doch so nett und bring es herauf!«

Billie zögerte, ging dann aber doch. Lucy blickte auf und wischte sich das Haar aus dem Gesicht.

»Hast du die Glocken geläutet, weil du hofftest, daß jemand käme?«

Neil nickte.

»Und es ist niemand gekommen?«

»Nein.«

»Wir haben darüber gesprochen.« Sie hockte sich vor dem Herd nieder. Sie trug einen weißen Rock und eine Bluse, und sie sah sehr frisch aus.

Er sagte: »Und ihr habt beschlossen, nichts zu tun?«

Sie nickte.

»Warum?«

»Billie fand es zu gewagt. Ich hatte vorgeschlagen, wir sollten hinschleichen und heimlich nachschauen, ohne uns sehen zu lassen, aber sie meinte, es könnte vielleicht eine Falle sein.« Er sah sie fragend an. »Es hätten ja mehrere sein können. Ein Hinterhalt.«

»Diese Verdunkelung da an den Fenstern.« Er deutete mit einer Handbewegung hinüber. »Und die vor dem Haus verteilten Blätter, sind das auch Billies Ideen gewesen?«

»Ja.«

Billie kam mit vollen Armen die Treppe heraufgelaufen.

»Und auch, mir nicht auf meine Botschaft zu antworten?«

Lucy hob die Augenbrauen. »Eine Botschaft?«

»In Harrods Warenhaus. Nachdem ich dort deinen Fußabdruck gefunden hatte.«

»Bei Harrods sind wir gewesen. Einen Fußabdruck?« Sie lachte. »Wie bei Robinson Crusoe?«

»Ich habe meinen Namen und meine Adresse auf große Pappen geschrieben und sie an den beiden Eingängen gelassen.«

»Wir haben sie nicht gesehen.«

»Aber eine ist fortgenommen worden.«

Billie, die bisher nur zugehört hatte, sagte: »Vielleicht fortgeweht.«

»Das glaube ich nicht. Die Pappe war ziemlich schwer, und außerdem war sie vor dem Wind geschützt.«

»Oder eine Ratte hat sie genommen. Ich habe gesehen, daß sie ziemlich schwere Sachen weggeschleppt haben.«

Zu dieser Unwahrscheinlichkeit sagte Neil nichts. Er vermutete, daß sie wieder log. Sie selber hatte die Pappe gefunden und fortgeschafft, ehe Lucy sie sehen konnte. Es war sinnlos, diese Vermutung jetzt auszusprechen. Das Wasser im Kessel fing an zu kochen, und Lucy beugte sich darüber. Er sagte deshalb nur: »Eine Tasse Tee könnte ich brauchen.«

Danach unterhielten sie sich. Keines der beiden Mädchen hatte früher in London gewohnt. Wie Neil, so hatten auch sie sich von dem Gedanken herlocken lassen, daß es hier Vorräte im Überfluß geben müsse. Lucy kam aus einem Dorf in Oxfordshire. Ihr Vater hatte in der Landwirtschaft gearbeitet. Die Mutter war bei der Geburt ihres Bruders gestorben, und Lucy hatte sich schon früh um den Haushalt kümmern müssen. Von ihrem Vater sprach sie sehr gleichgültig, und Neil nahm an, daß er ein äußerst kühler Mann gewesen sein mußte. Als sie aber von ihrem kleinen Bruder sprach, glaubte er Tränen in ihren Augen zu sehen.

Billie war sie begegnet, als sie die Randgebiete von London durchstreift hatte. Das war ihr einziger Kontakt seit der Krankheit gewesen. Billie hingegen hatte einige Begegnungen erlebt. Sehr unangenehme. Neil fragte, in welcher Hinsicht sie unangenehm gewesen seien.

Er sah Billie an, als er die Frage stellte, doch sie starrte nur stumm zurück. Lucy sagte: »Sie spricht nicht gern darüber, also frag lieber nicht danach.«

Ihm hatte sie erzählt, sie sei keinem Menschen begegnet. Damit hatte sie lediglich verheimlichen wollen, daß es Lucy gab; aber Neil fragte sich, ob man überhaupt etwas glauben konnte, was sie sagte. Die unangenehmen Begegnungen konnten eine weitere Lüge sein. Er fragte nicht weiter, sondern erzählte Lucy die Geschichte von Peter Cranbell. Lucy war betroffen.

»Wie schrecklich . . . Und wenn du nur ein wenig früher dort gewesen wärst . . .«

»Ja.«

Endlich äußerte sich auch Billie. »Er muß ein Schwächling gewesen sein, daß er so etwas getan hat.«

»Wie lange mußtest du es aushalten?«

»Was?«

»Ganz allein zu sein.« Er wandte sich an Lucy. »Seid ihr schon lange beisammen?«

»Ein paar Monate. Fast drei.«

»Man kann sich nicht daran gewöhnen. Es wird immer schlimmer, nicht besser.«

Lucy erwiderte: »Ja, das wird wohl so sein. Daran hatte ich nicht gedacht. Und du bist vor uns niemandem begegnet?«

»Nur einmal, und auch nur für ein paar Stunden.« Er erzählte ihnen von Clive.

Diesmal zeigte Billie Interesse. »Von dem kannst du aber nicht sagen, daß er nicht verrückt gewesen wäre!« Es klang fast zufrieden.

»Vielleicht war er's«, antwortete Neil. »Aber harmlos.«

»War er das? Er hat doch deinen Wagen zerfetzt, nicht wahr? Und du kannst froh sein, daß er dich nicht mit seinem Messer angegriffen hat.« Sie sprach nun zu Lucy, und ihre ganze Haltung bewies, daß sie Neil aus diesem Gespräch ausschloß. »Es ist genau so, wie ich gesagt habe. Es zahlt sich nicht aus, ein Risiko auf sich zu nehmen oder irgend jemandem zu trauen, wie die Dinge nun einmal liegen. An der Ecke steht kein Polizist mehr, und du kannst auch nicht den Notruf wählen.«

»Aber man muß etwas wagen«, widersprach Neil. »Was meinst du wohl, wie viele Menschen in ganz England noch leben werden? Ein paar hundert? Wahrscheinlich weniger. Manche haben vielleicht den Verstand verloren, andere mögen gefährlich sein, aber man kann sich doch nicht einfach isolieren!«

Billie betrachtete ihn mit unverhüllter Feindseligkeit. »So, kann man das nicht?« fragte sie und erklärte dann entschieden: »Wir haben uns allein jedenfalls sehr wohl gefühlt!«

Lucy beendete das Schweigen, das darauf folgte. »Immerhin hast du uns gefunden. Und mir kommst du weder wahnsinnig noch gefährlich vor. Das mindeste, was wir tun können, ist, daß wir dich bitten, zum Abendessen zu bleiben.«

Billies feindseliger Blick war noch immer auf Neil gerichtet. Er achtete nicht auf ihn und antwortere Lucy: »Das ist sehr freundlich. Es wird bestimmt eine angenehme Abwechslung, einmal wieder etwas zu essen, was ein anderer gekocht hat.«

Zu Neils Überraschung bereitete Billie das Abendessen zu. Sie war eine gute Köchin und verbesserte den Geschmack mit sorgfältig ausgewählten Gewürzen. Man merkte kaum, daß dies alles aus Konserven zubereitet war, und Neil wurde sich darüber klar, wie primitiv und unzulänglich seine eigenen Kochkünste waren.

Nach dem Essen schwieg sie zumeist, während Lucy und Neil die Unterhaltung bestritten, aber Neil fand Billies Schweigen bedrückend. Er versuchte, gar nicht darauf zu achten, sprach über die Probleme des Winters, der nun schon bald anbrechen mußte. Für die Heizung verfügten die Mädchen über einen Paraffinofen, und sie hatten reichlich Vorräte. Neil begriff, daß sie kein offenes Feuer haben wollten, damit der Rauch nicht ihren Aufenthalt verrate. Diese Entscheidung hatte sicherlich Billie getroffen. Neil erwähnte die Gaszylinder, die er in Peter Cranbells Haus gefunden hatte, und seine Idee, das Gas für ein Zentralheizungssystem zu verwenden.

Lucy war nicht überzeugt. Dazu gehöre eine sorgfältige Installation, meite sie, und man brauchte auch das richtige Werkzeug.

»Das Werkzeug könnte ich bestimmt auftreiben«, entgegnete Neil, »und wahrscheinlich ein Do-it-yoruself-Handbuch für Heizungsinstallationen, aus dem ich alles lernen könnte.«

»Und weißt du auch, wo es Gaszylinder gibt?«

»Nein. Aber Peter Cranbell hat sie ja schließlich auch gefunden. Clive auch. Das dürfte also kein allzu großes Problem sein.«

»Ich glaube, es ist leichter, so weiterzumachen wie bisher«, sagte Lucy. »Im Badezimmer haben wir einen Warmwasserboiler. Für ein richtiges Bad reicht das zwar nicht aus, aber es ist immerhin besser als gar nichts.«

Sie sprach sehr entschieden, und wieder sagte Neil nichts dagegen.

»Wahrscheinlich hast du recht«, gab er zu. »Aber man sollte den

116

Gedanken im Kopf behalten, für den Fall, daß man sich einmal eine ständige Wohnung einrichtet.«

»Eine ständige Wohnung?«

»Nun ja, darüber müssen wir doch schließlich einmal nachdenken, nicht wahr? Irgendwo auf dem Lande, meine ich.«

Billie unterbrach ihr Schweigen. »Du kannst ja aufs Land gehen, wenn du willst. Uns gefällt es hier.«

»Wir sind alle aus demselben Grunde nach London gekommen«, entgegnete Neil. »Wir wußten, daß hier die Versorgung besser sein würde – Lebensmittel, Kleidung und alles. Aber auf die Dauer gesehen, ist London nicht gut.«

»Das sehe ich nicht ein«, widersprach Billie.

»Erstens brauchen wir frische Lebensmittel. Sonst werden wir bald an Vitaminmangel leiden, und das wird irgendwann unserer Gesundheit schaden.«

»Vitamine finden wir in der Apotheke. Mehr als genug.«

»Es ist aber besser, wenn man sie auf natürliche Weise bekommt. Wir könnten Hühner halten, dann hätten wir frische Eier.«

»Frische Eier!« wiederholte Lucy.

In dieser Richtung mußte er weiterreden, dachte Neil. »Und Milch.«

Lucy zweifelte. »Die Kühe sind inzwischen wahrscheinlich verwildert.«

»Aber es kann nicht allzu schwierig sein, ein paar einzufangen und wieder zu zähmen.«

»Und dann müssen sie ja auch noch gemolken werden.«

»Ich habe einmal eine Kuh gemolken, die mir über den Weg gelaufen ist«, versicherte Neil. »Sie werden zwar jetzt alle trocken stehen, aber sie geben wieder Milch, wenn sie erst kalben.«

»Das ist eine ganz und gar verrückte Idee!« behauptete Billie.

»Wieso denn?«

»Weil sie eben verrückt ist! Einfach blöd!«

Plötzlich entfaltete sie große Beredsamkeit, spottete über Neils Vorschläge in einem beißend monotonen Tonfall. Anfangs versuchte Neil noch ein paar behutsame Einwände und hoffte, daß Lucy ihn unterstützen würde. Aber sie tat es nicht, und nach einiger Zeit gab er seinen Widerspruch auf und saß schweigend da. Als Billie endlich schwieg, genoß sie den Triumph des unumstrittenen Siegers.

Die Mädchen teilten ein Zimmer im hinteren Teil des Hauses. Lucy bereitete auf dem Fußboden im Obergeschoß ein Bett für Neil. Billie sagte zwar nichts dazu, doch ihr Blick war sehr unfreundlich.
Neil ließ seine Tür offen und konnte die Mädchen reden hören. Die einzelnen Worte waren zwar unverständlich, doch er konnte die Stimmen unterscheiden und hörte, daß Billie den größten Teil des Gesprächs bestritt. Wahrscheinlich schlug sie gerade vor, ihn davonzujagen, dachte er, aber er war zu müde, um sich darüber große Gedanken zu machen. Nach den Monaten der Einsamkeit war es gut, fremde Stimmen zu hören. Und noch besser war es, zu wissen, daß eine dieser Stimmen Lucy gehörte. Während er darüber nachdachte, schlief er ein.

10

Neil erwachte mit einem Gefühl der Fremdheit und der Unruhe, doch nachdem er sich im Raum umgesehen und sich erinnert hatte, wie er hierhergekommen war, erfüllte ihn eine ruhige Zufriedenheit. Er reckte sich im Bett. Er hatte gut geschlafen. Draußen war es schon ziemlich hell, und die Vögel vollführten ihren üblichen Tageslärm, nicht das überlaute Konzert der frühen Morgendämmerung. Er lauschte. Spatzen und eine Drossel. Abgesehen davon herrschte ringsum Stille.

Er richtete sich auf. Stille . . . Er dachte an Billies offene Feindseligkeit und an das etwas einseitige Gespräch, das er vom Bett aus gehört hatte. Er erinnerte sich auch daran, daß Lucy stumm geblieben war, als Billie vorher über seine Pläne gespottet hatte. Nichts hätte die beiden Mädchen daran hindern können, das Haus zu verlassen, während Neil geschlafen hatte. Zwar hätten sie dann nicht gerade viel mitnehmen können, aber das war unwichtig in einer Welt, in der alles so leicht zu ersetzen war. Und wenn sie auch im Schutze der Dunkelheit nicht sehr weit kommen konnten, so gab es doch genug Verstecke. Und jetzt, da sie gewarnt waren, konnte es nicht eben leicht sein, sie wieder aufzuspüren.

Während diese Gedanken in seinem Kopf kreisten, sprang Neil aus dem Bett und zog sich an. Die Stille kam ihm noch eindringlicher vor, während er die Treppe hinablief. Er war ganz sicher, daß sie verschwunden sein würden; und ebenso sicher wußte er, daß er zwar auf Billie leicht verzichten konnte, daß ihm aber der Gedanke unerträglich erschien, Lucy zu verlieren.

Er öffnete die Tür zum Wohnzimmer. Es war leer. Das Schlafzimmer stand offen, und ein Blick zeigte, daß es ebenfalls leer war. Die verlassenen Betten waren nicht gemacht worden. Neils Herz klopfte heftig, während er die Treppe hinunterlief. Wahrscheinlich war jede Eile sinnlos – die Mädchen konnten das Haus schon vor Stunden verlassen haben – doch Neil konnte nicht anders. Er öffnete die Haustür und sah eine menschenleere Straße, wie er es nicht anders erwartet hatte. Er starrte hinaus und fragte sich, was nun zu tun sei, als er seinen Namen rufen hörte.

»Neil, was hast du denn vor?«

Lucy stand oben an der Treppe. Sie trug braune Hosen und einen kirschschroten Pullover: ein glühend-warmer Farbfleck.

Neil drehte sich langsam um. »Ich dachte, ihr wäret fort.«

»Fort?«

Er schaute sie an. »Fortgelaufen, ja.«

Sie schüttelte lächelnd den Kopf. »Ich war in der Küche und habe geputzt.«

Er kam sich närrisch vor. »Da habe ich nicht nachgesehen.«

»Ich bin so gut wie fertig. Möchtest du frühstücken?« Sie schwieg ein Weilchen. »Billie ist ausgegangen.«

Neil setzte sich auf einen Schemel und sah zu, wie sie sein Frühstück zubereitete. Kaffeeduft reizte den Appetit. Ihre Bewegungen waren flink und geschickt, und er verspürte eine Behaglichkeit, deren Wurzeln weit in der Vergangenheit zu liegen schienen. Bei der Arbeit summte sie eine Melodie von Paul McCartney. Plötzlich sagte er: »Aber es ist darüber gesprochen worden, nicht wahr?«

Sie drehte sich halb nach ihm um. »Worüber?«

Ihr Lächeln war ein wenig schief. Es hob den linken Mundwinkel etwas höher als den rechten.

»Fortzulaufen, während ich schlief.«

Ihr Blick wurde ernster. »Warum sagst du das?«

»Ich habe es nur geraten. Aber dazu braucht man nicht besonders schlau zu sein. Billie hat sich die größte Mühe gegeben, vor mir davonzulaufen. Ich glaube, sie hat immer noch gehofft, mich irgendwie abschütteln zu können. Daß sie gestern abend noch lange auf dich eingeredet hat, habe ich gehört. Hat sie dich nicht tatsächlich dazu überreden wollen?«

Sie wandte sich wieder dem Herd zu, ohne ihm zu antworten.

»Warum ist sie so?« fragte Neil.

»Das ist gar nicht so unvernünftig. Es ist alles anders geworden. Man kann Fremden nicht einfach vertrauen.«

»Aber wie willst du jemals lernen, einem Menschen zu trauen, wenn du dich weigerst, ihn erst einmal kennenzulernen?« Auch darauf antwortete Lucy nicht. »Würdest du mir denn jetzt vertrauen?«

Sie nickte bedächtig. »Ich glaube ja.«

»Aber Billie nicht?«

»Sie ist eben vorsichtiger als ich. Wahrscheinlich hat sie damit recht.«

»Mit Vorsicht hat das nichts zu tun, und das weißt du genau.« Sie schaute ihn über die Bratpfanne hinweg an. »Wie meinst du das?«

Sie will dich für sich allein behalten. Sie ist eifersüchtig, weil da plötzlich noch jemand auftaucht.«

»Das ist doch Unsinn!«

»Ich glaube nicht. Sie betrachtet sich selbst als Beschützer und Organisator. Sie sagt dir, was zu tun ist. Und sie will keine Konkurrenz.«

Lucy starrte ihn an. Zum erstenmal verriet ihr Blick Ablehnung.

»Billie ist meine Freundin, und ich brauche keinen Schutz und keine Vorschriften. Von niemandem!«

Es klang sehr entschieden, und Neil begriff, daß er zu weit gegangen war. Einige Augenblicke schwieg er, dann sagte er: »Jedenfalls hast du dich nicht von ihr überreden lassen, hier einfach wegzulaufen. Das freut mich.«

»Ich konnte keinen ausreichenden Grund dafür erkennen. Wir hätten eine neue Wohnung suchen müssen. Das bedeutet Großhausputz und jede Menge Arbeit. Das wäre viel zu viel Mühe gewesen.«

Sie sprach mit einer wirklichen oder gespielten Gleichgültigkeit. Hoffentlich war sie nur gespielt, dachte Neil, aber er konnte dessen nicht sicher sein. Ihre Blicke begegneten sich, und wenigstens war der unfreundliche Ausdruck geschwunden. Sie sagte: »Dein Frühstück ist fertig.«

In den nächsten Tagen hatte Neil allerlei Feindseligkeiten von Billie zu ertragen. Sie war ständig beißend kritisch gegenüber allem, was er sagte, sie nörgelte an seinen Gewohnheiten, seinem Aussehen, an praktisch allem herum, was er tat.

Er merkte, daß sie es darauf anlegte, ihn zu ärgern, und er gab sich die größte Mühe, gar nicht darauf zu achten, aber hin und wieder erreichte sie ihr Ziel doch. Einmal zum Beispiel bezeichnete sie ihn als Schwein, weil er seine Schuhe nicht ordentlich auf der Matte an der Haustür abgeputzt und dadurch Schmutz ins Haus getragen hatte.

»Sieh dir das an!« Sie deutete auf einen Schmutzfleck auf dem Teppich im Wohnzimmer. »Einfach schweinisch! Und dabei hat Lucy stundenlang gearbeitet, um ihn gründlich zu säubern. Es ist wirklich eine Schande!«

Was ihn aufregte, war nicht der Vorwurf selbst und nicht einmal der verächtliche Ton, in dem er ausgesprochen wurde, sondern die Tatsache, daß Lucy dabei war. Und wenn sie auch sagte, das sei gar nicht so wichtig, hatte sie tatsächlich den Teppich erst heute morgen saubergemacht. Und sie hatte auch für einen Augenblick einen verärgerten Gesichtsausdruck gehabt, den Billie selbstverständlich beobachtet hatte. Ihr Tadel war nur eine Erinnerung an die Zeit gewesen, in der die beiden Mädchen die Wohnung noch allein bewohnt hatten, ehe Neil auf der Bildfläche erschienen war.

Bei dieser Gelegenheit und auch bei anderen unterdrückte Neil den Wunsch, es ihr heimzuzahlen. Er entschuldigte sich bei Lucy und hatte seinen Frieden. Wie er mit Billie stand, das wußte er genau. Sie wollte ihn möglichst bald verschwinden sehen. Aber bei Lucy war er nicht so sicher. Sicher war nur, daß jedes Zeichen der Feindseligkeit, das er sich Billie gegenüber erlaubte, die beiden Mädchen nur noch enger verbinden würde.

Der gute Rat, den er sich selber gab, war nicht leicht zu befolgen. Eines Abends dachte er im Bett darüber nach, wie lange er diesen Zustand noch ruhig ertragen könne, als er draußen ein Geräusch hörte. Ein lautes, keuchendes Husten zerriß die Stille, daß es Neil eine Gänsehaut über den Rücken jagte. Gleich darauf war es noch einmal da, diesmal lauter und näher. Er stand auf, zog seinen Bademantel über und lief zum Schlafzimmer der Mädchen hinunter.

Sie waren wach und hatten Licht angezündet. Zwar sahen sie veräng-

stigt aus, aber das ging ihm selber wahrscheinlich auch nicht anders.
Lucy sagte: »Bist du auch davon wach geworden? Was war das?«
»Ich weiß nicht.« Er zögerte. »Es könnte . . .«
»Was?«
»Ich dachte an Tiere aus dem Zoo. Die meisten von ihnen werden
wohl verhungert sein, als niemand mehr da war, der sie fütterte. Aber
das eine oder andere Tier kann auch davongekommen sein.«
Da war das laute, keuchende Husten schon wieder, und diesmal schien
es direkt vom Fenster her zu kommen.
»Was für ein Tier?« fragte Lucy.
»Eine Großkatze vielleicht. Ein Leopard.« Er brachte ein Lächeln
zustande. »Von Tierlauten verstehe ich nicht viel.«
»Was es auch ist«, sagte Billie, »hier herein kann es nicht kommen.«
»Nein.«
Wenigstens dieses eine Mal gab es kein Gefühl der Feindseligkeit. Sie
saßen in beklommenem Schweigen da und lauschten. Minuten vergin-
gen, und nichts geschah. Neil meinte schon, sie könnten eigentlich wieder zu Bett gehen, als aus größerer Entfernung ein Geheul zu hören
war, das offenbar Schmerz verriet. Das Geräusch wiederholte sich
mehrmals, dann herrschte wieder Stille. Lucy sah ihn fragend an.
»Jetzt hat die Raubkatze ihre Beute gefunden«, sagte er.
»Was für eine Beute?«
»Einen Hund«, sagte Billie.
Neil nickte. »Uns kann nichts geschehen. Gehen wir wieder schlafen.«
Am nächsten Morgen untersuchte Neil den Fall. Weit brauchte er
nicht zu gehen. Die Überreste des Kadavers lagen gleich an der nächsten Straßenecke. Nur noch das hintere Teil war übrig. Es war tatsächlich ein Hund gewesen, aber kein kleiner Terrier, wie Neil vermutet
hatte, sondern es mußte schon ein großes Tier gewesen sein. Ein Schä-
ferhund vielleicht.

Neil mußte gegen Übelkeit ankämpfen, als er den Kadaver in einen nahen Garten und hinter ein Gebüsch zerrte. Die Ratten würden damit schnell fertig werden. Auf dem Heimweg hielt er die Augen offen. Ein Tier, das einen so großen Hund töten konnte, war bestimmt auch in der Lage, einen Menschen anzugreifen. Sehr wahrscheinlich war der Räuber im Augenblick nicht hungrig, aber auch dieser Gedanke konnte Neil nicht völlig beruhigen.

Nachdem er sich gewaschen hatte, erstattete er den beiden Mädchen einen knappen Bericht. Dabei erwähnte er nicht, wie groß der Hund gewesen war, aber er sagte: »Ich finde, wir brauchen irgendeinen Schutz, eine Waffe vielleicht, für den Fall, daß der Räuber wiederkommt.«

Sofort begann Billie, Neil zu verspotten. Es gebe überhaupt keinen Grund zu der Annahme, daß das Tier noch einmal wiederkommen könne, sie hätten es ja bisher noch niemals gehört, und außerdem ginge es bei Nacht auf Jagd, und im Haus seien sie auf alle Fälle sicher.

Neil hörte nicht auf sie, sondern wandte sich an Lucy. »Dort, wo ich zuletzt gewohnt habe, war ein Revolver mit Patronen. Ich konnte nichts damit anfangen, also habe ich ihn dort gelassen. Aber es wäre vielleicht kein schlechter Gedanke, hinüberzugehen und ihn zu holen.«

Billie sagte geringschätzig: »Du mußt ja wirklich mächtig Angst haben.«

Er sah Lucy an.

Sie nickte. »Ja, ich glaube, das ist ein guter Gedanke.« Es war das erstemal, daß sie sich offen auf seine Seite stellte.

Billie schwieg und Neil sagte: »Dann gehe ich gleich los.«

Neil fand den Revolver in der Schublade vor, in der er ihn zurückgelassen hatte. Drei Munitionsschachteln lagen dabei. Zwei waren verschlossen, eine geöffnet, aber noch fast voll. Neil füllte das Magazin und steckte die übrige Munition ein. Für den Augenblick war das mehr als genug, und falls er doch mehr brauchen sollte, dann war es nicht schwierig, eine Waffenhandlung zu finden. Das Branchenverzeichnis im Telefonbuch konnte dabei helfen.

Bei der Gelegenheit konnte er dann auch gleich noch andere Waffen mitbringen. Eine Schrotflinte war bestimmt nützlich für die Jagd, wenn sie erst aufs Land hinauszogen. An diese Möglichkeit dachte er ziemlich optimistisch. Nachdem Lucy sich zum erstenmal gegen Billie mit ihm verbündet hatte, konnte sie es auch häufiger tun.

Mit dem Revolver in der Hand trat er auf den Flur hinaus. Ölporträts hingen an den Wänden des Treppenhauses. Oben war ein großes Fenster, doch das Wetter war heute trüb, und die Gesichter sahen schattenhaft und unwirklich aus. Damals, als Geld, Klasse und Rang noch etwas bedeuteten, waren alle diese Menschen auf den Bildern wahrscheinlich sehr gewichtige Leute gewesen.

Die Frau auf einem der am nächsten hängenden Bilder ähnelte Billie, fand er: das spitze Gesicht und die starrenden Augen. Er erinnerte sich daran, daß er noch gar nicht versucht hatte, mit dem Revolver zu schießen. Er hob den Arm und zielte auf die weiße Stirn. Der Knall und der Rückschlag der Waffe erschreckten ihn. Er konnte nicht sehen, ob er das Bild getroffen hatte, und er nahm sich nicht die Zeit zum Nachsehen. Seine Ohren waren wie taub, und er schämte sich ein wenig, als er den Revolver in die Tasche schob.

Er ging in sein altes Zimmer, in dem noch manches lag, was er gern mitnehmen wollte: Sein Kassettenrekorder war besser als der, den die Mädchen hatten. Außerdem konnten manche Lebensmittel den Speiseplan ein wenig abwechslungsreicher machen. Schweizer Schokolade nahm er mit, weil Lucy sie vielleicht mochte. Er füllte den ganzen Rucksack mit Dingen, die er brauchen konnte.

Es war seltsam, wieder hier zu sein. Neil erinnerte sich an sein Kinderbuch »Die Leutchen um Meister Dachs« und Maulwurfs Niedergeschlagenheit, als er Ratty in sein früheres, verlassenes Heim begleitet hatte. Dieses Haus hier war niemals sein Zuhause gewesen, aber die

Tatsache, es jetzt wiederzusehen, rief doch ein Gefühl der Traurigkeit und der Bedrückung wach.

Überall schien Staub zu liegen. Das war vermutlich schon immer so gewesen, doch er sah es jetzt mit Augen, die sich wieder an weibliche Vorstellungen von Sauberkeit gewöhnt hatten. Das große Spinnengewebe in der einen Ecke war jedoch ganz gewiß neu. Doch es waren nicht diese Dinge und nicht die kalte Asche im Kamin, die ihn darüber nachdenken ließen, daß er einst hier gewohnt und sich recht zufrieden gefühlt hatte. Es war die Stille, diese unablässige Bestätigung der Einsamkeit, die seine Gedanken anregte. Er verspürte den Drang, diese Stille zu zerstören – etwas zu sagen, irgend etwas. Und dann hörte er sich selber Lucys Namen rufen.

Seine Stimme klang wie die eines Fremden, und die Stille danach schien noch drückender geworden zu sein. Und in diese Stille drängte sich ein Gedanke wie eine schrille Glocke. Wie lange war er jetzt fort von den Mädchen? Zwei Stunden? Drei? Zum erstenmal hatte er sich jedenfalls für länger als nur einige Minuten von ihnen entfernt, seitdem sie zusammen waren. Würden sie noch da sein, wenn er zurückkäme?

Nacht für Nacht hatte er sie leise miteinander reden hören. Er hatte Lucy nicht noch einmal darauf angesprochen, aber es war sehr wahrscheinlich, daß Billie immer wieder zum selben Thema zurückkehrte – daß sie ihn zurücklassen und gemeinsam fortlaufen sollten. Und war es denn ein so unvernünftiger Gedanke, daß sie endlich vielleicht doch die Oberhand behalten haben könnte? Er hatte keine sehr klare Vorstellung davon, wie Lucy zu ihm stand; wenn er aber ihr gegenüber Billie kritisiert hatte, dann hatte sie ihn immer zurückgewiesen und erklärt, Billie sei ihre Freundin. Eine sehr beherrschende Freundin. Bille hatte alles ersonnen, womit sie ihren Aufenthalt verborgen hatten. Billie hatte entschieden, daß sie sich nicht melden wollten, als er die Glocken geläutet hatte.

Gerade die Tatsache, die ihn so sehr gefreut hatte, daß nämlich Lucy wenigstens dieses eine Mal auf seiner Seite gewesen war, als es um die

Waffe ging, konnte eine berechnete Täuschung gewesen sein. Sie konnten ihn dadurch lange genug aus dem Hause schaffen, so daß sie einen ausreichenden Vorsprung gewinnen könnten. Und das auch noch bei hellem Tageslicht. Sie konnten inzwischen meilenweit entfernt sein, so daß er kaum noch hoffen konnte, sie noch einmal aufzuspüren.

Ohne seinen Rucksack eilte Neil aus dem Haus. Der Wagen stand noch da, wo er ihn vor einer Woche verlassen hatte. Neil schwang sich auf den Fahrersitz und drehte den Zündschlüssel. Nichts geschah, nur der Starter brummte. Nicht anders war es beim zweiten Versuch. Neil erinnerte sich daran, daß nicht mehr viel Benzin im Tank gewesen war. Er hatte neues besorgen wollen, dann aber nicht mehr daran gedacht, weil er Chelsea während seiner Suche zu Fuß durchstreift hatte.

Ein Fahrrad, das er gelegentlich benutzt hatte, lehnte in der Halle an der Wand. Einer der Reifen war platt. Seine Finger kamen ihm so ungeschickt wie lauter Daumen vor, als er die Pumpe an das Ventil führte. Es dauerte eine Ewigkeit, ehe der Reifen sich füllte und Neil endlich aufsteigen und davonradeln konnte.

Das Gefühl des Verlustes und des Verlorenseins war noch bedrückender als an jenem ersten Morgen, nachdem er sie gesehen hatte. Er empfand einen Schmerz, der ihm fast Übelkeit verursachte. Als er an dem massigen Wrack eines grünen Linienbusses vorbeikam, der seine letzte Fahrt vor dem Brompton Oratory beendet hatte, überfiel Neil ein Krampf mit einem stechenden Schmerz. Er mußte absteigen und zusammengekrümmt warten, bis die Schmerzwelle nachließ.

Dieser erzwungene Aufenthalt gab ihm die Gelegenheit, gründlicher nachzudenken. Er sah Lucy in Gedanken vor sich, und ihm wurde klar, wie unsinnig seine Gedanken gewesen waren. Auf Billie kam es gar nicht an; aber er wußte ganz sicher, daß Lucy ihn niemals auf solche Art getäuscht hätte. Der Krampf hatte nachgelassen. Neil richtete sich auf und atmete tief. Dann stieg er wieder auf das Rad und fuhr weiter. Jetzt hatte er es nicht mehr so eilig.

127

Billie stand auf der Treppe, als er heimkam, und sagte mißbilligend:
»Du bist viel früher zurück, als wir gedacht haben.«

»So?« antwortete er gleichgültig. »Wo ist Lucy?«

Sie kam aus der Küche, in einem blauen Pullover und Hosen in einem
etwas helleren Ton. An Billie vorbei sah sie ihn an. »Da bist du ja
wieder!«

Sie sagte dasselbe, doch ihr Ton war ganz anders. Neil lächelte ihr zu.

»Ja, ich bin wieder da.«

Am nächsten Morgen ging Billie allein los, um neue Lebensmittel zu
holen, und sie kam ganz aufgeregt zurück, weil sie etwas entdeckt hatte. Sie platzte in das Wohnzimmer, in dem Neil und Lucy gerade Kaffee tranken, und berichtete wortreich. Am Themseufer hatte sie in einige Häuser geschaut, und in einem hatte sie eine altertümliche Nähmaschine zum Treten gefunden. Soweit sie es beurteilen konnte, war die
Maschine in einwandfreiem Zustand. Der Stapel Flickwäsche auf dem
Tisch daneben deutete darauf hin, daß die Nähmaschine bis zuletzt in
Gebrauch gewesen war.

Aus Billies Worten entnahm Neil, daß diese Maschine die Erfüllung
eines Traumes bedeutete, den Lucy schon lange gehegt hatte. Offenbar
hatte das Schneidern früher zu ihren Hobbies gehört, und einmal hatte
sie bedauernd zu Billie gesagt, es gäbe zwar überall so viel Nähmaschi-
nen, wie man nur haben wolle, aber ohne elektrischen Strom seien sie
alle ganz nutzlos.

Es könne nicht schwer fallen, meinte Billie, die Maschine in einer
Schubkarre herzuschaffen. Das Haus sei höchstens eine Viertelmeile
entfernt. Sie sah Lucy an, und sie wirkte auf Neil wie ein Hund, der etwas vorgeführt hat und nun darauf wartet, gestreichelt zu werden.

»Ja, vielen Dank, Billie«, antwortete Lucy, »aber . . .«

»Ich könnte sie heute nachmittag holen.«

»Ich weiß nicht, ob wir etwas davon hätten, solange nicht alles richtig geklärt ist.«

»Geklärt? Wie?«

»Ob wir am Ende doch aufs Land ziehen . . . Ich glaube, daß Neil damit wahrscheinlich recht hat. Wir müssen in größeren Zeiträumen denken und für die Zukunft planen. Und falls wir umziehen, sollten wir uns so wenig wie möglich belasten. Wahrscheinlich wird es außerhalb Londons auch nicht allzu schwierig sein, eine alte Nähmaschine aufzutreiben. In meinem Dorf hat es zum Beispiel zwei gegeben, das weiß ich genau.«

Neil wartete auf Billies Reaktion und erwartete zumindest einen heftigen Widerspruch. Doch sie starrte Lucy nur einige Augenblicke lang schweigend an und sagte mit einer viel ruhigeren Stimme als sonst: »Ich denke, ich mache uns eine Tasse Tee.« Dann ging sie mit ein wenig plumpen Schritten zur Küche, und Neil sah ihr sehr erfreut nach.

11

Billie blieb nicht lange so fügsam. Nach dem Abendessen kam sie aus der Küche in das Wohnzimmer, wo Neil gerade ein Band der Rolling Stones spielte, und fuhr ihn heftig an. Er kenne überhaupt keine Rücksichtnahme, sagte sie. Dauernd müsse er irgendwelchen Lärm machen. Sie hätte mehr als genug von den Rolling Stones und von allen anderen auch. Und wenigstens könne er den Krach ja etwas leiser stellen.

Soweit Neil es beurteilen konnte, mochte Billie Musik nicht besonders. Sie hatte ein paar Bänder mit schottischer Dudelsackmusik und Balladen, und wenn sie diese Bänder abspielte, hockte sie auf dem Boden und stampfte die ganze Zeit mit dem Fuß, aber völlig gegen den

Rhythmus. Er streckte schon die Hand nach dem Lautstärkeregler aus, änderte dann aber seine Meinung. Lucy mochte die Rolling Stones, und er sah nicht ein, warum sie beide auf ihr Vergnügen verzichten sollten, nur weil Billie keine Ader dafür hatte.

Das sagte er auch, und damit begann der Streit. Er hielt an, bis Lucy in das Zimmer kam und beide sich an sie wandten.

»Wir könnten es ja ein wenig leiser stellen, nicht wahr, Neil?« sagte sie.

Ihr wollte er den Gefallen durchaus tun, und das Band lief ja auch wirklich zu laut. Er drehte am Knopf und erntete dafür ein Lächeln von Lucy. Aber Billie war nicht zufrieden. Plötzlich keifte sie, daß er nicht beim Geschirrspülen geholfen habe. Neil antwortete hitzig:

»Ich hab's ja angeboten, aber Lucy hat es abgelehnt und gesagt, ich solle mich schon ins Wohnzimmer setzen.«

»Und das hast du dann auch ganz schnell getan.«

»Das war mir auch lieber so, denn in der Küche ist nicht genug Platz für drei«, sagte Lucy.

»Ich sehe nicht ein, warum er nicht auch einmal spülen soll.«

»Muß man so etwas denn wirklich einteilen? Ich will es künftig gern allein machen.«

Das paßte Billie auch nicht. »Nein, das wirst du nicht! Ich sehe einfach nicht ein, warum er immer seinen Kopf durchsetzen soll.«

Es gelang Lucy zwar, den Streit zu schlichten, doch er flammte wenig später wieder auf, als Neil etwas gesagt hatte, was Billie für eine Kritik an den Menschen aus dem Norden Englands hielt. Dieser Streit hielt bis zur Schlafenszeit an, und gleich am Morgen brach er erneut los.

Es war Neil klar, daß die Veränderung auf sein Verhalten zurückzuführen war. Bisher hatte er sich immer mit Billies Kritiken und Beleidigungen abgefunden, weil er gefürchtet hatte, Lucy könne sich auf ihre Seite schlagen und ihrem Drängen nachgeben, ihn zu verlassen. Jetzt vertraute er darauf, daß es nicht dazu kommen würde, und er sah nicht ein, warum Billie ihn ungehindert beschimpfen sollte.

Lucy ließ keinen Zweifel daran, daß sie solche Szenen nicht ausstehen konnte, und sie gab sich auch alle Mühe, sie zu verhindern. Neil bemühte sich seinerseits, nicht in Auseinandersetzungen gezogen zu werden, doch damit hatte er nicht viel Erfolg. Billie konnte ihn so sehr reizen, daß es ihm einfach unerträglich erschien. Alles an ihr regte ihn auf: ihr Aussehen, ihre Stimme, die Art, wie sie durch das Zimmer stampfte. Die Abneigung war ganz offensichtlich beiderseitig.

Die Feindseligkeiten hielten tagelang an und fanden ihre Krönung in einem heftigen Streit, der ganz harmlos begann. Während des Abendessens sagte Billie, daß sie am nächsten Morgen in die Buchhandlung an der King's Road gehen wollte. Ihr Lesestoff wurde knapp. Neil dachte daran, wie sehr Lucy ihn gedrängt hatte, den Frieden zu wahren. Er schlug vor, sie könnten doch alle drei gehen. Er selbst könne auch ein paar Bücher brauchen.

Der Ausgangspunkt für den Streit war der lächerliche Umstand, daß er das Wort »books« selbstverständlich nach Art der Südengländer mit dem kurzen Vokal aussprach, nicht mit dem langen »u«, wie Billie. Sie entnahm daraus, daß er ihre Aussprache korrigieren wollte, weil er sich ja immer überlegen fühle, und das sagte sie auch. Die Tatsache, daß er sich gerade Mühe gegeben hatte, einen Streit zu vermeiden, ließ Neil noch empfindlicher reagieren als sonst. Schon war der Streit da, und Lucys Bitten und Ermahnungen stießen nur noch auf taube Ohren. Diesmal gab es gar keine Hemmungen mehr, und beide ließen ihrer gegenseitigen Abneigung freien Lauf.

Das Wortgefecht hielt an, bis Lucy endlich aufstand und mit einer zitternden Stimme, die man von ihr gar nicht gewöhnt war, erklärte: »Ich halte das nicht mehr aus! Ich gehe zu Bett!«

Sie verließ das Zimmer, und Billie und Neil saßen eine Zeitlang schweigend da. Dann stand Neil wortlos auf und ging in sein Zimmer.

Es dauerte lange, ehe Neil einschlafen konnte, aber dann schlief er tief und fest. Er wurde wach, weil jemand an seinem Arm zerrte, und er sah, daß heller Tag war und Billie sich über ihn beugte. Im ersten Augenblick fragte er sich, ob sie heraufgekommen sein mochte, um den Streit fortzuführen. Er richtete sich auf. Ihr Gesicht wirkte angespannt, doch es verriet nicht Ärger, sondern etwas ganz anderes. Er konnte nicht recht verstehen, was sie sagte.

»Was ist los?« fragte er.

»Wach endlich auf! Ich sage doch, es dreht sich um Lucy! Sie ist nicht hier! Sie ist fort!«

Sie redete weiter, während er sich anzog. Sie war schon einmal in der Morgendämmerung wach geworden und hatte gesehen, daß Lucy schon aufgestanden war. Auf ihre Frage, was sie denn tue, hatte Lucy aber nur geantwortet, Billie solle ruhig weiterschlafen, sie fühle sich nur ein bißchen unruhig. Das war nicht gerade ungewöhnlich. Lucy hatte einen leichten Schlaf und stand manchmal sehr früh auf; deshalb hatte Billie sich nur auf die andere Seite gedreht und war wieder eingeschlafen. Als sie dann aber richtig wach geworden und aufgestanden war, war Lucy nirgends im Haus zu entdecken.

»Wahrscheinlich will sie nur ein bißchen frische Luft schnappen«, meinte Neil. Aus dem Fenster blickte er in den winterlichen Sonnenschein hinaus. »Es ist ein schöner Tag.«

»Das habe ich ja auch gedacht«, antwortete Billie. »Ich habe auf sie gewartet, aber jetzt ist es schon eine Stunde her, und sie ist noch immer nicht zurück.«

Sie sah viel aufgeregter aus, als er sie bisher je gesehen hatte, fast angstvoll. Und sie mußte sich wirklich schon sehr große Sorgen machen, sonst hätte sie ihn sicherlich nicht geweckt. Allmählich fühlte auch Neil, daß seine Besorgnis wuchs.

»Wir gehen hinaus und rufen sie.«

Die Straße sah so schäbig und leer aus wie immer. Sie standen vor dem Haus und riefen abwechselnd. Nur eine kreischende Möwe antwortete ihnen.

Die Sonne schien bereits, der Morgen war nicht allzu kalt, aber über den Dächern im Westen ballten sich Wolken zusammen. Neil dachte daran, wie Lucy ihn gestern nachmittag gebeten hatte, sich auf keinen neuen Streit mit Billie einzulassen, und wie ihre Stimme gezittert hatte bei den Worten: »Ich halte das nicht mehr aus!« Er wandte sich an Billie.

»Wir müssen losgehen und sie suchen.«

»Aber wo?«

»Zuerst einmal hier in der Umgebung.«

Eine Viertelstunde suchten und riefen sie vergeblich.

Dann kam Neil ein Gedanke. »Die Buchhandlung . . .«

Billie nickte. »Ja, dort könnte sie sein. Aber dann nehmen wir besser die Fahrräder.«

Da entdeckten sie, daß Lucys Rad fehlte. Sie nahmen die anderen beiden und fuhren zur Buchhandlung an der King's Road. Auch hier war nichts von Lucy zu sehen, und sie blieben abermals ohne Antwort, als sie abwechselnd ihren Namen riefen. Sie sahen einander an. Billies Gesicht wirkte sehr angespannt. Gleich würde sie ihm Vorwürfe machen, dachte Neil, würde ihm erklären, wie gut alles vor seiner Ankunft gewesen sei. Es war ihm gleichgültig. Alles war jetzt unwichtig bis auf die Tatsache, daß Lucy fort war. Aber anstatt ihm einen Vorwurf zu machen, sagte sie: »Swears & Wells . . .«

»Was meinst du?«

»Wir haben kürzlich darüber gesprochen, daß wir Mäntel brauchen, wenn jetzt der Winter anfängt. Ich habe gesagt, wir sollten zur Oxford Street gehen und uns welche aussuchen.«

Neil nickte. Alles war besser, als hier einfach herumzustehen.

»Gut. Also fahren wir hin!«

Schweigend fuhren sie nebeneinander durch Knightsbridge und durch den Park zum Marble Arch, dann durch die düstere Schlucht der Oxford Street. Swears & Wells wirkte ebenso leblos und abweisend wie alle anderen Kaufhäuser. Die Türen waren verschlossen, und es gab kein Anzeichen dafür, daß sich jemand hier Zutritt verschafft hatte. Sie prüften jeden möglichen Eingang, dann standen sie nebeneinander auf der Straße unter einem Himmel, an dem sich die Wolken zusammenzogen.

»Wir sollten lieber umkehren«, sagte Neil.

Billie erwiderte nichts, aber sie nickte. Fast sah es aus, als wollte sie gleich anfangen zu weinen. Er stieg auf sein Rad, und sie folgte ihm.

Sie waren noch nicht weit gekommen, als es zu regnen begann. Erst fielen nur ein paar vereinzelte, schwere Tropfen, aber bald entwickelte sich daraus ein heftiger Wolkenbruch. Sie mußten im Eingang eines Geschäftshauses Schutz suchen. Es war ein Fotogeschäft. Das Schaufenster lag voller Kameras, die sehr teuer aussahen. Der Regen fiel nieder wie eine feste Masse. Schon konnten die Gossen ihn nicht mehr aufnehmen. Blitze zuckten, und Neil sah Billie zittern, wenn lauter Donner grollte.

Eigentlich sollte er sie wohl trösten, zumindest mit Worten, aber schon diese Vorstellung war unerträglich. Noch vor kurzer Zeit hatte er seine Abneigung vergessen können; die Tatsache, daß sie gemeinsam suchten, hatte ihnen das Gefühl gegeben, Verbündete zu sein. Aber jetzt, da er zur Tatenlosigkeit gezwungen war, mußte Neil an Lucy denken, und je länger er an sie dachte, desto größer wurde seine Angst.

Der Gedanke, sie könnte allein fortgegangen sein, um irgend etwas zu beschaffen, war absurd gewesen, ganz gleich, ob es sich nun um die Buchhandlung oder um das Pelzgeschäft handelte. So etwas paßte nicht zu ihr. Und sie war auch nicht fortgegangen, dessen war Neil jetzt ganz sicher, weil es ständig Spannungen zwischen ihm und Billie gab. Und wenn keine dieser Möglichkeiten zuzutreffen schien, dann gab es nur noch eine andere Antwort: es mußte ihr etwas zugestoßen sein.

Sie war früh aufgebrochen und hatte ihr Rad mitgenommen. In der Morgendämmerung hatte sie vielleicht ein Schlagloch in der Straße übersehen, vielleicht war sie gefallen, hatte sich den Fuß verstaucht, vielleicht ein Bein gebrochen. Daran dachte er, und er wollte, daß es so sei, weil der andere Gedanke unerträglich war. Doch ein anderes Bild ließ sich nicht einfach verdrängen: Er sah sie auf dem Rad dahinjagen, sah die gefleckte Raubkatze im Schatten lauern, sich ducken, springen. . .

Billie sagte: »Mein Gott, wenn dieser Regen es doch nur aufhören wollte!«

Neil antwortete nicht. Er haßte sie stärker als je zuvor – weil sie weitergeschlafen hatte, als Lucy aus dem Hause gegangen war, weil sie diese fruchtlose Suche mitten in London angeregt hatte . . . weil sie lebte, während Lucy vielleicht tot war. Es war unvernünftig, das wußte er genau, aber er konnte nichts dagegen tun.

Endlich ließ der Regen nach, und in wortloser Übereinkunft bestiegen sie ihre Räder und fuhren westwärts. Ein dünner Nieselregen hielt an, und Neil war bald naß bis auf die Haut. Das störte ihn nicht, war ihm fast willkommen. Bis zu einem gewissen Grade hinderte es ihn am Denken.

Die Räder ließen sie vor dem Haus stehen. Während er nach Billie die Treppe zur Haustür hinaufstieg, überlegte Neil, was zu tun sei. Schnell abtrocknen, Regenkleidung anziehen und wieder hinausgehen. Wenn ihr irgend etwas zugestoßen sein sollte . . .

Er hörte Billies erleichterten Ausruf, noch ehe er die letzte Stufe erreicht hatte. Erst dann bemerkte er das Licht im Wohnzimmer, und spürte er die Wärme der Paraffinheizung. Er sprang die letzten Stufen hinauf und stieß Billie beinahe um, als er in das Zimmer stürmte. Lucy saß in ihrem Lehnstuhl und nähte.

Billie sagte: »Was war denn los mit dir? Wir dachten schon . . .«

Sie vollendete den Satz nicht und Lucy sagte: »Es war ein so schöner Morgen, darum bin ich ein bißchen hinausgefahren. Bis nach Chiswick Reach war ich. Aber ich hatte mehr Glück als ihr. Ich bin gerade noch rechtzeitig vor dem Regen zurückgewesen. Ihr seid ja beide ganz durchweicht. Zieht euch um, ich setze inzwischen den Wasserkessel auf.«

Erst am nächsten Morgen, als Billie den aufgeschobenen Besuch in der Buchhandlung nachholte, war Neil zum erstenmal wieder mit Lucy allein. Billie hatte Lucy gefragt, ob sie mitkommen wolle, und Neil war sehr befriedigt, als Lucy antwortete: »Heute nicht, glaube ich. Ich habe noch einiges zu tun.« Sie lächelte Billie zu. »Aber wenn du ein neues Kochbuch siehst, das dir brauchbar vorkommt, dann kannst du es mir mitbringen.«

Als Billie die Treppe hinuntergepoltert war und die Haustür sich hinter ihr geschlossen hatte, fragte Neil: »Warum hast du das getan?«

»Was?«

»Warum bist du gestern morgen allein fortgefahren?«

»Ich habe es euch doch gesagt – es war ein so schöner Morgen, ich wollte ein bißchen spazieren fahren.«

Ihr Blick war seltsam abweisend. Das ließ Neil ein wenig gereizt sagen: »Du hättest wenigstens eine Nachricht hinterlassen können. Wir haben uns Sorgen um dich gemacht.«

»Ich wollte nicht lange fortbleiben.«

»Aber du warst lange fort.«

Ein Weilchen schwieg sie, dann sagte sie: »Ich wollte über manches nachdenken.«

»Worüber?«

»Allerlei.«

Ihre ausweichenden Antworten reizten ihn noch mehr. Er wußte genau, wie scharf seine Stimme klang, als er sagte: »Du hättest auch an uns denken sollen. Wir haben nicht gewußt, wo du warst.«

Sie sah ihn lange an, ehe sie ganz schüchtern antwortete: »Ja, das hätte ich wohl tun sollen. Es tut mir leid.« Aber es klang nicht so, als täte es ihr leid, und ihre Worte wurden noch kühler, als sie fortfuhr: »Wolltest du dich nicht um das zerbrochene Fenster kümmern?«

Sie wandte sich ab und ging in die Küche. Von dorther hörte er, daß sie heftig mit Töpfen und Pfannen hantierte. Auch darüber ärgerte er sich und daß sie ihn an die Fensterscheibe erinnerte. Ärgerlich fing er

136

an, das Werkzeug zusammenzuräumen, dann ging er an die Arbeit. Das war wirklich nicht die beste Art, eine Stunde zu verbringen, die er mit Lucy allein sein konnte, ohne daß Billie auftauchte, aber es war allein Lucys Schuld.

Bei der Arbeit verging sein Ärger. Es kam nicht darauf an, wessen Schuld es war; wichtig war nur, daß die Minuten vergingen, daß Billie schon bald wieder da sein würde. Er setzte das Glas ein, wischte sich die Hände ab und ging auf die Küchentür zu.

Er war erst halb durch das Wohnzimmer, als Lucy ihm entgegenkam. Sie blieben stehen und sahen einander an. Lucy hatte noch immer ihren abweisenden Blick und sagte tadelnd: »Du hast Kitt auf dem Hemd.«

Dann trat sie näher zu ihm heran, und ihre Hand berührte seinen Ärmel. Der Duft ihres Parfüms vermischte sich mit dem öligen Kittgeruch. Er legte ihr die Hände auf die Schultern, fühlte, wie sie sich ein wenig zurückzog, aber er umarmte sie doch und küßte sie.

Sie hielt ganz still, und er hatte das Gefühl, alles verdorben zu haben. Wieder strebte sie fort von ihm, und er ließ sie los. Und dann sagte er ebenso ungeschickt, wie es sein Kuß gewesen war: »Es tut mir leid.«

Sie schüttelte lächelnd den Kopf.

Als sie sich wieder trennten, schaute er über ihre Schulter hinweg und sah Billie unter der Tür stehen. Dieses eine Mal war sie leise die Treppe heraufgekommen.

12

Billie machte weder jetzt noch später irgendeine Bemerkung. Als sie für kurze Zeit fort war, sagte Lucy zu Neil: »Gib dir Mühe, es ihr leichter zu machen.«

»Billie?«

»Ja.«

»Wenn sie es zuläßt.«

»Sie weiß, daß sie ... überflüssig ist. Wir brauchen es ihr nicht noch besonders zu zeigen.«

Es gefiel Neil, daß sie »wir« sagte. Und in seiner gegenwärtigen Stimmung war jeder Wunsch Lucys auch sein Wunsch.

»Ich werde tun, was ich kann«, versicherte er. »Aber es wird nicht leicht sein. Wahrscheinlich haßt sie mich jetzt noch mehr als zuvor.«

Aber zu seiner Überraschung hatte Billies Verhalten sich verändert. Es gab keinen Spott und keine Kritik mehr. Sie schien sich die größte Mühe zu geben, recht liebenswürdig zu ihm zu sein. Als man wieder einmal auf den möglichen Umzug aufs Land zu sprechen kam, unterstützte sie den Plan begeistert; fast zu begeistert, fand Neil. Ohne alle Feindseligkeit, dafür aber mit wortreicher Sicherheit kam sie mit Anregungen und Vorschlägen, und dieses neue Verhalten reizte Neil fast noch mehr.

Viel lieber sprach er über seine Pläne in den seltenen Augenblicken, die er allein mit Lucy verbringen konnte. Der Frühling war ganz offenbar die richtige Zeit für den Umzug. Sie besprachen die verschiedenen Möglichkeiten. Die Entscheidung fiel schwer. Endlich kamen sie überein, daß sie zunächst einmal nach Oxfordshire wollten. Das war Neils Vorschlag gewesen. Er wollte gern die Gegend kennenlernen, in der Lucy aufgewachsen war.

Später, so meinten sie, konnten sie dann weiter nach Westen ziehen, in die Cotswolds. Sie hatten das Gefühl, das um so überzeugender war, weil sie es gemeinsam hatten, daß sie in den honigfarbenen Höfen jener hügeligen Gegend finden könnten, was sie suchten. In diesem Augenblick tauchte Billie wieder auf, und Neil tat, was er konnte, um freundlich auszusehen. Es war nicht leicht. Und es wurde auch nicht leichter. Wenn Lucy dabei war, konnte er sich noch zusammennehmen, aber wenn er mit Billie allein war, fuhr er sie immer häufiger an. Daß sie es geduldig hinnahm, machte die Sache nicht besser. Bald haßte er ihre Unterwürfigkeit noch mehr als ihre frühere Feindseligkeit. Er unternahm den Versuch, einfach in völliges Schweigen auszuweichen und gar nicht auf sie einzugehen, doch auch das scheiterte. Tatsache war nun einmal, daß jeder Augenblick ihrer Gegenwart einer war, in dem er nicht mit Lucy allein sein konnte. Und das würde sich nun ewig so fortsetzen. In der alten Welt hätte es einige Hoffnung gegeben, einer solchen Lage zu entkommen. Jetzt gab es keine. Ihr Anblick, wenn sie das Zimmer betrat, das Geräusch ihrer Schritte auf der Treppe regte ihn auf.

Billie hatte den Ablauf der Tage aufgezeichnet. Im Wohnzimmer hatte sie einen Kalender aufgehängt, an dem sie gewissenhaft jeden Morgen einen Tag abstrich. Deshalb machte sie jetzt auch darauf aufmerksam, daß Weihnachten vor der Tür stand. Sie bestand darauf, daß man daraus ein Fest machen solle, und sie schlug vor, daß sie gemeinsam aufbrechen sollten, um für einander Geschenke auszusuchen.
Neil fand das sinnlos und sagte es auch zu Lucy. Sie nickte. »Ja, ich weiß, wir haben alles, was wir brauchen. Aber wir können ihr doch die Freude machen. Ja, bitte?«
Er hob die Schultern. »Meinetwegen. Aber erwarte kein Diadem von mir!«
Sie nahm seine Hand und lächelte. »Das erwarte ich nicht.«
Gemeinsam fuhren sie zur Bond Street, dann trennten sie sich, um ihre Geschenke auszuwählen. Neil war schon bald wieder am vereinbarten

Treffpunkt und wartete ungeduldig, bis Lucy wieder bei ihm war. Er wurde unruhig, wenn sie auch nur eine halbe Stunde fort war. Deshalb hatte er ihr auch vorgeschlagen, den Revolver mitzunehmen, doch das hatte sie entschieden abgelehnt.

Billie kam als letzte wieder, und es sah ganz so aus, als wäre sie sehr mit sich zufrieden.

Sie fuhr vor den beiden anderen her gegen einen schneidenden Wind heimwärts und sang – nein, schrie Weihnachtslieder vor sich hin. Am Heiligen Abend spielte sie unaufhörlich ein Tonband mit Weihnachtsmusik.

Am nächsten Morgen tauschten sie ihre Geschenke aus. Lucy hatte für Billie Bürste und Spiegel in sehr schöner Silberfassung, und Neil schenkte ihr ein Paar weiche Lederstiefel. Billies Geschenke waren nicht nur in Geschenkpapier eingeschlagen, sondern auch mit allerlei Siegeln und Bändern versehen, und sie waren weit großartiger. Neil bekam eine goldene Schweizer Armbanduhr, von der man die Zeit auf der ganzen Welt ablesen konnte, und das goldene Armband war so schwer, daß es schon fast Mühe bereitete, es anzuheben. Für Lucy hatte sie eine Kette aus Diamanten und Saphiren.

Endlich öffneten Lucy und Neil auch die Päckchen, die sie füreinander hatten. Neil hatte für Lucy ein kleines Bändchen mit Liebesgedichten geholt, und ihr Geschenk war ebenso schlicht: ein Satz Generalkarten von ganz England.

»Damit du den Weg für uns findest«, sagte sie lächelnd. »Ich hätte dir gern auch noch einen Kompaß mitgebracht, aber ich habe keinen gefunden.«

Billies Heiterkeit verging und wurde von einer mürrischen Schweigsamkeit abgelöst, die den ganzen Tag über anhielt. Neil fragte sich, ob sie vielleicht glaubte, Lucy und er hätten sich durch die Schlichtheit ihrer eigenen Geschenke füreinander über die Kostbarkeit ihrer Gaben lustig machen wollen. Aber er freute sich. Die Auswahl ihrer Geschenke war wieder ein Beweis dafür gewesen, wie nahe sie einander waren.

Freilich lag darin zugleich eine erneute Erinnerung daran, daß dort, wo zwei sich gemeinsam wohlfühlen, ein dritter oft zuviel ist.

Lucy gab sich Mühe, die Feststimmung zu erhalten, indem sie ein besonders gutes Mahl zubereitete. Zuletzt gab es einen Plumpudding in Brandy-Soße. Sie setzten sogar Papierhüte auf – aber es war zwecklos. Billie saß zumeist nur wortlos dabei und ging früh zu Bett.

Bald danach schneite es; anfangs in lockeren Flocken, die schon im Niederfallen schmolzen, später immer dichter und dichter, so daß sich ein dicker Teppich über Dächer und Straßen legte. Es schneite den ganzen Tag und fast die ganze Nacht hindurch; dann, nach einem trockenen grauen Morgen, an dem der Wind den Schnee gegen die Hauswände wehte, schneite es weiter.

Das Schneegestöber hielt mehrere Tage an, und danach konnte man sich nicht mehr weit vom Hause fortbewegen. Sie gingen nur noch hinaus, um Schnee zum Schmelzen zu holen. Die Leitungen waren gefroren. Im Haus gab es kein Wasser mehr. Meistens waren die drei gezwungen, drinnen zu bleiben.

Während dieser Zeit des Abgeschlossenseins fand Neil, daß ihm Billie mehr als je zuvor auf die Nerven ging. Ihr Schmollen hatte sie überwunden, und sie gab sich große Mühe, recht hilfreich zu sein, doch in ihrer lautstarken Fröhlichkeit war irgend etwas, das Neil ganz besonders unerträglich fand. Schon immer hatte sie die Gewohnheit gehabt, durch die Zähne zu pfeifen. Jetzt tat sie es fast unaufhörlich, und immer war es dieselbe Melodie, »Der Hahn aus dem Norden«, und sie pfiff sie auch noch falsch. Endlich, als Lucy in der Küche war, sagte er ihr leise, aber heftig: »Wenn du nicht endlich mit dieser Pfeiferei aufhörst, bringe ich dich um! Das meine ich ernst!«

Sie sah ihn betreten an. »Es tut mir leid, Neil.«

Er wandte sich wortlos ab. Selbst sein eigener Name zerrte an seinen Nerven, wenn sie ihn aussprach.

Am nächsten Morgen herrschte strahlender Sonnenschein. Wasser tropfte von den Dachrinnen. Es taute sehr schnell, und um die Mittagszeit waren die Straßen begehbar. Billie war wieder ganz aufgeregt und schlug vor, gemeinsam mit Neil zum Supermarkt zu gehen.

»Müssen wir das wirklich?« Er sah Lucy fragend an. »Wie sieht es mit den Vorräten aus?«

»Öl ist knapp, Kartoffeln sind fast alle. Aber ein paar Tage können wir noch auskommen.«

»Es könnte aber wieder schneien«, wandte Billie ein.

»Es sieht nicht danach aus.«

Neil deutete auf das fleckenlose Blau über den gegenüberliegenden Hausdächern.

Lucy stand hinter Billie und nickte ihm aufmunternd zu. Darum sagte er: »Also gut, ich komme mit.«

Ehe er das Haus verließ, steckte er den Revolver in seine Anoraktasche. Daran hatte er sich längst gewöhnt. Draußen war es sogar noch schöner als es aussah. Ein milder, frühlingshafter Tag mit gurgelndem Schmelzwasser in den Gossen. An manchen Stellen lag zwar noch Schnee, doch er konnte nicht mehr beim Radfahren stören.

Sie fuhren nebeneinander, und anfangs redete Billie unablässig. Neil antwortete nicht. Ihm war nicht danach zumute, und Lucy war nicht da und konnte ihn nicht ermuntern. Nach einer Weile schwieg auch Billie.

Sie stellten ihre Fahrräder ab, und Neil drückte die Tür zum Supermarkt auf. Während des Sturms war eine Scheibe zu Bruch gegangen und Schnee in das Ladeninnere getrieben worden. Nun war er geschmolzen, und aus der Wasserlache ragten aufgeweichte Cornflakes-Packungen wie riesige Findlinge aus einem See. Selbstverständlich würde sich der Zerfall von Jahr zu Jahr mehr ausbreiten – die Winter würden manches vernichten, Frühling und Sommer würden winzige Keimlinge sprießen lassen, bis endlich Bäume daraus wurden, die auch die festen Fundamente der Häuser sprengen konnten. Aber das war unwichtig. Bis dahin würden sie längst an einem anderen Ort sein, weit fort von hier, wo die Natur gezähmt werden konnte.

142

Er und Billie hatten sich getrennt. Er hörte sie in der Abteilung für Küchengeräte und erinnerte sich daran, daß sie Lucy eine neue Pfanne mitbringen wollte, weil die alte gesprungen war. Neil stellte eine große Dose Öl und ein halbes Dutzend Gläser mit Kartoffeln neben die Tür, wo er sie nachher leicht einpacken konnte, und ging an den Regalen entlang, um zu sehen, ob ihm noch etwas Mitnehmenswertes auffiel. Sardinen. Davon hatten sie wahrscheinlich nicht mehr viel. Er stapelte einige Büchsen auf und trug sie zu den anderen.

Während er sich über die Büchsen beugte, hörte er Billie kommen. Erst achtete er nicht weiter darauf, doch dann fiel ihm auf, daß ihr Schritt ruhiger und zielbewußter wirkte als sonst. Er richtete sich auf und drehte sich um. In diesem Augenblick kam sie die letzten wenigen Schritte auf ihn zugerannt, ein blitzendes Küchenmesser in der hoch erhobenen Hand.

Neil versuchte, sich nach einer Seite fallen zu lassen, doch sie war schon zu nahe heran. Er fühlte eher einen Schlag als einen Stich an seiner Brust, schwankte und wäre fast gefallen. Aber er konnte noch klar denken. Schon fuhr er mit der Hand in die Tasche und umspannte seinen Revolver.

Wieder kam Billie auf ihn zu. Ihr Gesicht wirkte so gespannt, als müsse sie sich sehr konzentrieren. Er drückte ab, hörte den Schlagbolzen ergebnislos aufschlagen und konnte gerade noch die linke Hand heben und ihre Hand packen, die das Messer hielt.

Es gelang ihm, diesem Angriff zu entgehen, doch sie drang weiter wild auf ihn ein, und ihre Kraft überraschte und erschreckte ihn. Sie hielten sich umschlungen, und er spürte die Wärme ihres Atems. Seine Brust schien von einem schweren Gewicht bedrückt zu werden, er hatte ein entsetzliches Gefühl der Schwäche, das verzweifelte Gefühl, ihr ausgeliefert zu sein – und sie würde keine Gnade kennen.

Plötzlich erinnerte er sich daran, wie er das letztemal mit jemandem gerungen hatte – mit seinem Bruder Andy. Es war an einem Sonntagmorgen gewesen, und ihr Vater hatte gerufen, sie sollten endlich ruhig sein. Damals hatte Neil das Übergewicht gehabt, bis Andy plötzlich nicht mehr schob, sondern zog, Dadurch hatte Neil das Gleichgewicht verloren und war über das Bett hinweg zu Boden gestürzt. Diesen Trick versuchte er jetzt. Unvermittelt gab er Billies Ansturm nach, duckte sich und drehte sich schnell. Sie schoß an ihm vorbei und stürzte in ein Regal. Flaschen und Büchsen mit Tomatenmark prasselten neben ihr nieder.

Neil wartete nicht, bis sie wieder auf den Füßen war. Er rannte zur Tür, griff sein Fahrrad und fuhr davon. Das Gewicht auf seiner Brust verwandelte sich in Schmerz, und im Schnee vor dem Supermarkt hatte er rote Flecke gesehen. An der Straßenecke schaute er sich um, doch es war niemand zu sehen. Der Schmerz und die Schwäche wurden immer schlimmer, doch er zwang seine Beine, immer schneller zu treten.

Als er ins Haus schwankte und den Riegel vor die Tür schob, war er noch schwächer geworden. Einen Augenblick lehnte er sich an die Tür und umklammerte seine Brust mit beiden Händen. Rund um den schmalen Schlitz im Anorak war Blut, das ihm auch auf die Hosen tropfte. Tropfen befleckten den Teppich, als er die Treppe hinaufstieg.

Lucy wurde blaß, als sie ihn sah. »Du bist verletzt! Wie ist das geschehen?«

Er berichtete kurz. Das Sprechen tat weh, sogar schon das Atmen. Sie führte ihn in das Badezimmer, stützte ihn und zog ihm den Anorak und das blutige Hemd darunter aus. Sie war sehr bleich, doch sie blieb ruhig. Aufmerksam betrachtete sie die Wunde. »Sie sieht schlimm aus«, sagte sie, »aber tief ist sie nicht. Das Messer muß wohl von deiner Rippe abgerutscht sein.«

»Sie wollte mir das Messer in den Rücken stoßen«, sagte er. »Und es wäre ihr gelungen, wenn ich mich nicht umgedreht hätte.«

»Ich werde die Wunde auswaschen. Es wird wohl wehtun, fürchte ich.«

Sie holte ein Desinfektionsmittel aus dem Medizinschrank, während er ein Handtuch auf die Wunde drückte, um das Blut zurückzuhalten.

144

» Wie lange wird sie das wohl schon geplant haben?« fragte er.

»Wahrscheinlich war es ein plötzlicher Einfall.«

Unter Schmerzen griff Neil in seine Tasche und holte den Revolver heraus. »Leer!« sagte er. »Sie hatte die Patronen herausgenommen.«

Lucy starrte ihn an. »Dann wollte sie dich wirklich umbringen.« Ihr Gesicht hatte sich gespannt, als wäre ihr erst jetzt klar geworden, was sich abgespielt hatte.

Neil nickte. »Ich habe die Tür unten verriegelt.«

»Und es wäre ihr beinahe gelungen!« Lucy zog fast keuchend den Atem ein. »Und du wärst tot gewesen!«

Er brachte ein Lächeln zustande. »Ich bin es aber nicht. Bist du soweit mit deiner Schwefelsäure, oder was das ist?«

Es schmerzte viel heftiger, als er erwartet hatte, und einmal konnte er einen Aufschrei nicht unterdrücken. Lucy sah ihn besorgt an, reinigte die Wunde aber weiter, bis sie überzeugt war, gute Arbeit geleistet zu haben. Anschließend, als es nur noch darum ging, einen Verband anzulegen und etwas anzuziehen, ging alles schon wieder leichter. Er setzte sich in einen Sessel, während sie den Tee zubereitete.

»Den kann ich jetzt gut brauchen«, sagte Neil, während er das heiße Getränk schlürfte. »Hast du da Weinbrand drin?«

Sie nickte. »Ich dachte, du könntest das jetzt vertragen.«

»Gut«, erkannte er an. Er spürte, daß sich Wärme in ihm ausbreitete. »Wo mag sie jetzt wohl sein? Und wie geht es ihr? Sie ist ziemlich schwer gestürzt und vielleicht bewußtlos gewesen. Ich habe nicht nachgeschaut.«

»Ich hoffe, sie ist tot.« Die Worte wurden sehr ruhig, aber entschieden gesprochen. Neil bewegte sich in seinem Sessel und spürte sogleich wieder einen stechenden Schmerz.

»Ich glaube nicht, daß sie noch einmal hierher kommt. Falls sie es aber doch tut . . .«

»Wir dürfen nicht unvorsichtig sein.«

Es war seltsam: Billies Vorschlag, zum Supermarkt zu fahren, lag kaum eine Stunde zurück.

Neil sagte: »Auf dem Regal liegen Patronen. Bringst du mir bitte eine Packung?«

Er lud den Revolver und fühlte sich ein wenig sicherer.

Lucy sagte: »Vielleicht versucht sie es noch einmal. Sie kann auf dich lauern – jederzeit – überall. Sobald es dir besser geht, werden wir hier fortziehen.«

»Es geht mir gut genug.«

»Nein.« Ihr Ton duldete keinen Widerspruch. »Vielleicht in ein, zwei Tagen.«

Als der Nachmittag sich neigte, saßen sie beisammen und unterhielten sich. Meistens sprachen sie von der Zukunft, von dem neuen Heim, das sie finden wollten, und was sie daraus machen konnten. Einen Gemüsegarten wollten sie haben, ein Kartoffelfeld, einen Obstgarten mit Apfel- und Birnbäumen, mit Kirschen und Pflaumen. Endlich vielleicht sogar ein Weizenfeld. Dann konnten sie Korn mahlen und ihr eigenes Brot backen. Und Tiere wollten sie selbstverständlich haben: Hühner, Schweine, eine kleine Rinderherde. Harte Arbeit stand ihnen bevor, aber sie würde der Mühe wert sein.

Und es war eine Zukunft, von der sich eine drohende Wolke gehoben hatte. Für Neil war es eine Freude, nicht mehr die gekränkte Stimme zu hören und den schweren Schritt.

Wichtiger aber war, daß er jetzt Lucy für sich allein hatte. Sie saß neben seinem Sessel auf dem Teppich, den Kopf gegen sein Knie gelehnt. Er streichelte ihr weiches Haar und spürte, daß sie den Kopf gegen seine Hand drängte.

Alles würde wunderschön werden, dachte er zufrieden, aber dann unterbrach wieder der Schmerz seine Gedanken. Er konnte ihn ertragen. Das alles, was sich jetzt zutragen konnte, wäre nicht geschehen, wenn Billie nicht versucht hätte, ihn zu erstechen. Das lohnte die Schmerzen mehr als reichlich.

Lucy sagte: »Wir sollten eine Buchhandlung besuchen, ehe wir aus London fortgehen.«

»Meinst du? Buchhandlungen gibt es auch außerhalb von London, und wir wollen doch nicht zuviel mitzuschleppen haben.«

»Aber sie haben nicht immer eine so gute Auswahl. Wir brauchen Bücher über Landwirtschaft. Wenn mein Vater auch auf dem Land gearbeitet hat, weiß ich doch so gut wie nichts darüber. Er hat nicht viel geredet. Wir werden sehr viel lernen müssen.«

»Ja.« Er zog zärtlich an ihrem Haar. »Tüchtige Lucy.«

»Einen Teich müßten wir haben. Dann könnten wir Enten halten.«

»Ja.« Ihm fiel etwas ein. »Kannst du reiten?«

»Etwas, ja. Und du?«

»Nein. Ich muß es von dir lernen.«

Sie lachte. »Etwas, habe ich gesagt. Nicht genug, um einem anderen Unterricht zu geben.«

»Dann werden wir es eben gemeinsam lernen. Zu Pferde werden wir am besten herumkommen.«

»Sie werden inzwischen verwildert sein.«

»Wir fangen sie ein und zähmen sie wieder. Genau wie die Kühe.«

Alles schien ganz einfach zu sein, und wenn es das nicht war, dann war das auch nicht so wichtig. Schweigend saßen sie beieinander. Vor den Fenstern wurde es schnell dunkel.

Lucy sagte: »Ich werde mich wohl besser um das Abendessen kümmern«, doch sie rührte sich nicht vom Fleck. Dann fragte sie plötzlich mit einer ganz veränderten Stimme: »Was ist das?«

Neil lauschte. Es kam von draußen, ein leises, klagendes Geräusch. Für eine Katze zu laut und auch anders. Das Raubtier? Das Geräusch wurde lauter. Neil stand auf und trat ans Fenster. Schmerz durchzuckte ihn, als er versuchte, den Riegel zu öffnen.

»Laß mich das machen!«

Das Wetter war klar und kalt. Wenn es nicht bereits fror, mußte der Frost bald einsetzen. Nebeneinander schauten sie aus dem Fenster. Das

Geräusch kam von einer zusammengekauerten Gestalt neben der Gartenpforte.

Sie hatte gehört, daß das Fenster geöffnet wurde. Jetzt schaute sie zu den beiden hinauf. »Laßt mich hinein! Bitte!«

Lucy schlug das Fenster zu. Sie standen dicht beieinander, und er spürte, daß sie zitterte.

Die Stimme dort draußen bettelte weiter, schwächer jetzt, aber noch immer deutlich zu verstehen. »Ich tue es nie wieder! Es tut mir leid. Laßt mich nicht hier draußen. Bitte, laßt mich hinein, um Gottes willen . . .«

Neil sah Lucy im Dämmerlicht des Zimmers an.

»Sie hat versucht, dich zu ermorden.« Ihre Stimme klang hart und abweisend.

Neil dachte über Billie nach. Man konnte ihr nicht trauen. Was immer sie jetzt auch sagen mochte, es bestand die Gefahr, daß sie es doch noch einmal versuchte. Er durfte sie keine Minute aus den Augen lassen, und selbst dann konnte er sich nicht ganz sicher fühlen.

Das Weinen, Betteln und Protestieren hielt an. Sie einzulassen, das bedeutete auch, sie mit in den Traum hineinzunehmen, ihn so abzuändern, daß er auch die nörgelnde Stimme und das Stampfen ihrer Füße einschloß. Und es bedeutete, alles – die Zukunft, sogar das Leben – aufs Spiel zu setzen.

Kein Risiko eingehen, das war ein vernünftiges Rezept in einer leeren Welt. Und er brauchte nichts zu unternehmen, brauchte nur still sitzen zu bleiben. Sie würde endlich fortgehen und einen Unterschlupf für die Nacht suchen. Sie konnten ihren Plan ausführen, konnten davonschleichen. Niemals würde Billie sie finden.

Wie ein Echo auf seine Gedanken kamen Lucys Worte: »Sie wird bald fortgehen.«

Alles würde ganz leicht sein, der Traum sich in Wirklichkeit verwandeln – für sie beide, ohne einen unwillkommenen Dritten. Er trat vom Fenster zurück, und Lucy ging mit ihm. Die Rufe ertönten noch immer, doch sie schienen aus größerer Ferne herzudringen. Man konnte sie jetzt einfach überhören, und morgen schon würden sie meilenweit entfernt sein.

Billie würde schon zurechtkommen. Für sie war die Lage nicht schwieriger, als sie es für ihn gewesen war. Kein Risiko auf sich nehmen. Es stand zuviel auf dem Spiel. Er sah Lucy an und wußte, daß sie ganz zu ihm gehörte. Du bist ein Gewinner, sagte er sich selbst. Verlierer sind nun einmal Verlierer – und sie hat versucht, dich umzubringen.

Die Stimme klang jetzt wieder lauter, aber es konnte ja nicht unendlich so weitergehen. Wenn sie in die Küche oder ins Hinterzimmer gingen und die Tür hinter sich schlossen . . .

Es war sinnlos. Selbst wenn sie bis ans andere Ende Englands ziehen wollten – diese Schreie würden immer in seinen Gedanken bleiben, würden ihn in all den kommenden Jahren niemals verlassen. Es kam nicht darauf an, wie die Chancen standen, nicht darauf, was auf dem Spiel stand. Wichtig war nur die Leere dieser Welt und daß sie ein Mensch war und allein.

Er sah Lucy an. »Es geht nicht.«

Sie fragte nicht, sie nickte nur. Das war eines der vielen guten Dinge, die einfach da waren und bleiben würden. Neil drückte ihren Arm, dann ging er die Treppe hinunter, um Billie einzulassen.

Jugendromane
aus dem Georg Bitter Verlag

Mabel Esther Allan

Das Geheimnis des Kraymer-Hauses
Aus dem Englischen von Gertrud Rudschcio

Sommer der Ent-Täuschung
Aus dem Englischen von Grit Körner

Franziska Berger

Tage wie schwarze Perlen

Hester Burton

Der Rebell
Aus dem Englischen von Hans-Georg Noack

John Christopher

Die Lotushöhlen
Aus dem Englischen von Hans-Georg Noack

Leere Welt
Aus dem Englischen von Hans-Georg Noack

Vera und Bill Cleaver

Ich wäre lieber eine Rübe
Aus dem Amerikanischen von Sybil Gräfin Schönfeldt

Herbert Günther

Onkel Philipp schweigt

Unter Freunden
Buch des Monats der Deutschen Akademie für
Kinder- und Jugendliteratur

Jaap ter Haar

Behalt das Leben lieb
Aus dem Niederländischen von Hans-Joachim Schädlich
Ausgezeichnet mit dem Buxtehuder Bullen

Wolfgang Körner

Im Westen zu Hause
Dritter Band der Deutschland-Trilogie

Georg
Bitter
Verlag

Jugendromane
aus dem Georg Bitter Verlag

Jan Procházka

Milena spielt nicht mit
Aus dem Tschechischen von Erika Honolka
Mit Illustrationen von Edith Schindler

Es lebe die Republik
Aus dem Tschechischen von Peter Vilimek
Deutscher Jugendbuchpreis
Ehrenliste zum Europäischen Jugendbuchpreis

Ludek Pesek

Aus dem Tschechischen von Adolf Langer
Deutscher Jugendbuchpreis

Helmut Petri

Der Tiger von Xieng-Mai
Mit Illustrationen von Brigitte Smith

Solfrid Rück

Weglaufen gilt nicht

Dietrich Seiffert

Einer war Kisselbach
Auswahlliste zum Deutschen Jugendbuchpreis

Annika Skoglund

Ich will das Kind behalten
Aus dem Schwedischen von Gertrud Rukschcio

Franz Ludwig Vytrisal

Licht in dunkler Nacht

Rainer Wochele

Absprung
Mit sachdienlichen Informationen über Drogen und einem
vollständigen Verzeichnis aller Drogenberatungsstellen
in der Bundesrepublik und der Schweiz

Georg
Bitter
Verlag